Martin Trageser

Lars im Reich der Zauberer

Ein Märchen

Martin Trageser

Lars im Reich der Zauberer

Ein Märchen

TRIGA\VERLAG

Die Deutsche Bibliothek – CIP-Einheitsaufnahme
Trageser, Martin:
Lars im Reich der Zauberer: Ein Märchen/ Martin Trageser. –
Gelnhausen: TRIGA\VERLAG, 1998
ISBN 3-931559-90-4

1. Auflage 1998

Herzbachweg 2, D-63571 Gelnhausen

Illustratorin: Johanna Albert
Umschlaggestaltung: R. Marcel Extra, Frankfurt/Main
Satz: DTP Hampe + Hautsch, Göttingen
Druck: Digital Printing Service, Andernach
Printed in Germany
ISBN 3-931559-90-4

Inhalt

Die Schneemänner

Norwegen ist zu jeder Jahreszeit ein besonderes Land. Aber erst im Winter offenbart es seinen einzigartigen Reiz. Wenn auf den Bergen und in den Tälern Schnee liegt, die Seen zugefroren sind und die untergehende Sonne den Himmel rot färbt, dann fühlt man sich in ein Märchen versetzt. Das Königreich ist ein Land voller Geheimnisse. An langen Winterabenden erzählen alte Männer und Frauen unglaubliche Geschichten von Gnomen, Hexen, Geistern, Feen, guten und bösen Zauberern. Anderswo hätte man wahrscheinlich darüber gelacht, aber hier, im Schein des flackernden Kaminfeuers konnte man daran glauben.

Der alte Odin Marguten hatte ein besonderes Talent, die Gestalten seiner Geschichten zum Leben zu erwecken. Er war einer der berühmtesten Geschichtenerzähler weit und breit. Einmal in der Woche fanden sich einige Familien im Haus von Marguten zusammen, um seine Erzählungen zu hören. An einem Abend kamen einmal etwa zwanzig Männer, Frauen und Kinder zusammen. Die Frau des alten Odin hatte einen köstlichen Punsch zubereitet, den die Gäste gerne tranken, um sich aufzuwärmen.
Draußen war es an jenem Abend besonders kalt. Schon seit Tagen schneite es. Ein Ende war nicht abzusehen. Die Bewohner des kleinen Ortes befürchteten einen Schneesturm und hofften, daß er keine größeren Schäden anrichten würde.
Die Gäste setzten sich im Kreis auf den Boden vor den Kamin und unterhielten sich mit ihren Nachbarn über die kleinen interessanten Alltagsgeschichten, bis der alte Odin den Raum betrat.
Plötzlich wurde es still. Odin ging, auf einen riesigen, unförmigen Stock gestützt, langsam auf seinen Sessel zu, der in der Mitte des Kreises stand.

Niemand wußte, wie alt Odin war. Alle kannten ihn seit ihrer Jugend. Er war schon immer dagewesen, als Bestandteil ihres Lebens. Der alte Mann war selbst schon eine geheimnisvolle, mythische Gestalt geworden. Er war die Seele des Ortes, den man sich ohne ihn gar nicht mehr vorstellen konnte.

Odin war sehr groß, was selbst jetzt, da er vom Alter gebeugt war, noch auffiel. Er hatte ein vom Wetter gegerbtes Gesicht. Seine braune Hautfarbe bildete einen Kontrast zu seinem silbergrauen Bart und den langen, ungeordneten grauen Haaren. Trotz seines langsamen Gangs und seines hohen Alters wirkte Odin noch stark. Seine hellblauen Augen beobachteten wachsam seine Umgebung. Manchmal blitzten sie unternehmungslustig, ja kampflustig auf.

Die Jugend des alten Mannes lag für alle Anwesenden in einem geheimnisvollen Dunkel. Es gab viele Legenden, z. B. daß er ein russischer Adliger sei, der nach der Revolution nach Norwegen geflohen war, oder, daß er ein großer Jäger war und einen riesigen Bären nur mit seinen Händen bezwungen hatte. Wenn man Odin fragte, ob diese Legenden stimmten, lächelte er und schwieg.

Nachdem er sich mühsam in seinem großen Sessel niedergelassen hatte, kam seine Frau und legte eine braune Decke über seine langen Beine. Odin hob den Kopf und sah langsam in die Runde. Es war so still in dem schlicht eingerichteten Zimmer, daß man eine Stecknadel hätte fallen hören können. Die Stille wurde nur von dem leisen Knistern des brennenden Kaminholzes unterbrochen. Von Zeit zu Zeit hörte man auch den kleinen Toby Smalönok husten. Trotz seiner Erkältung wollte er Odin zuhören. Darüber freute sich der alte Mann ganz besonders.

Odin wartete einige Minuten und trank einen Schluck Punsch. Seine knarrende, aber nicht unangenehme Reibeisenstimme durchbrach die Stille: »Heute erzähle ich euch eine der unglaublichsten Geschichten, die sich je zugetragen haben. Glaubt sie mir oder nicht. Ich versichere euch, daß jedes Wort davon wahr ist, denn ich selbst kannte den Helden unserer Geschichte. Er hieß Lars Anderson und war, als ich ihn kennenlernte, ein alter Mann. So wie ich heute. Er erzählte mir seine Erlebnisse an einem kalten Winterabend, so wie ich es heute tue«. Odin sah in die Runde. Seine Zuhörer warteten gespannt. Odin holte tief Luft und begann:

Vor langer, langer Zeit lebte in Norwegen ein kleiner Junge mit dem Namen Lars Anderson. Lars war keineswegs ein außergewöhnliches Kind, nein, er war wie jeder andere Junge seines Alters. Den ganzen Tag verbrachte er mit seinen Freunden im Freien. Gerade im Winter gab es für Kinder eine Menge aufregender Dinge zu erleben. Lars und seine Freunde hatten eines Tages eine ganze Armee von Schneemännern gebaut, die hintereinander in langen Reihen standen. Jeder Schneemann sah anders aus. Der eine hatte einen verbeulten Topf auf dem Kopf, der andere eine Blume in der Hand, der nächste hatte eine lange Gelberübennase und wieder ein anderer eine platte Kartoffelnase. Die Kinder hatten jedem Schneemann einen anderen Namen gegeben. Jeder war außergewöhnlich und von den Kindern mit einer eigenen Geschichte, einem Charakter versehen worden. Jedes Kind übernahm die Rolle eines Schneemanns, der dann viele erfundene Abenteuer bestehen mußte. Das machte allen großen Spaß.
Aber der Winter hatte den Kindern noch einiges mehr

zu bieten, zum Beispiel lange Spaziergänge im Schneetreiben entlang des Sognefjords. Dabei wurden die alten Sagen von Thor, Odin und den anderen Göttern und Helden erzählt. Manch eines der Kinder wünschte sich, einmal mit einem Drachen zu kämpfen wie Siegfried der Drachentöter, aber leider gab es schon lange keine Drachen mehr.
Am Fjord vertrieben sich die Jungen oft die Zeit mit Schneeballschlachten. Wenn sie dann durchnäßt nach Hause kamen, erwartete sie die Mutter mit Handtüchern, warmen Kleidern und heißem Tee.
Die Wohnungen dufteten um die Weihnachtszeit nach Zimt, Nelken, Nüssen und vielen anderen Köstlichkeiten. Heimlich schlichen sich die Kinder, wie überall auf der Welt, in die Küchen und versuchten, den Müttern Lebkuchen und Plätzchen zu stehlen. Die Mütter bemerkten das, wollten aber ihren Kindern den Spaß nicht verderben.

»Mutti, erzähl mir eine Geschichte«, drängte Lars seine Mutter wieder einmal, wie immer, wenn er zu Bett ging. Eigentlich hatte die Mutter gar keine Lust auf eine Märchenstunde. Sie war viel zu müde von der Arbeit des Tages. Aber dann gab sie dem Drängen ihres Sohnes doch nach.
»Gut, ich erzähle dir eine Geschichte. Es ist ein kurzes Weihnachtsmärchen«, begann sie. Lars Mutter wählte ihre Geschichten immer der Jahreszeit entsprechend aus. Da in einer Woche Weihnachten war, eignete sich dieses Märchen hervorragend. »Also, wie gesagt, es war wieder einmal Weihnachten, und der Heiligabend versprach besonders schön zu werden. Eine weiße Weihnacht sollte es geben, wie es die Menschen in dem

kleinen Ort im Tal der Dunkelheit schon lange nicht mehr erlebt hatten. Du mußt nämlich wissen, daß in anderen Ländern Schnee an Weihnachten nicht so etwas Selbstverständliches ist wie bei uns in Norwegen. Alle Bewohner des Ortes freuten sich auf das schönste Fest des Jahres. Sie schmückten ihre Wohnungen, bereiteten den Teig für die Plätzchen zu und waren viel freundlicher und liebenswürdiger als sonst. Die Weihnachtsgänse waren schon eingekauft und warteten darauf, von Köchinnen und Köchen zubereitet zu werden.

Die Kinder waren neugierig auf ihre Geschenke und versuchten mit allen Tricks herauszufinden, was ihnen der Weihnachtsmann bringen würde. Als ihnen dies nicht gelang, vertrieben sie sich die Zeit mit heiteren Spielen auf der Straße.

Ich muß mich wiederholen: Alle Bewohner des Ortes waren gut gelaunt und glücklich – alle, bis auf einen. Dieser Mann war Herr Menotti, der in einem düsteren alten Haus am Rand des Dorfes wohnte. Die Eltern warnten ihre Kinder vor diesem Mann, denn er war sehr böse. Alle vermieden es, an seinem Haus vorbeizugehen, als ob ein böser Zauber von ihm ausgehen würde. Wenn er, was sehr selten vorkam, einmal durch das Dorf schlurfte, verstummten alle Gespräche und ein Schatten legte sich über die Gemüter der Menschen. Über seinem Haus hingen während des ganzen Jahres dunkle Wolken, durch die nicht der geringste Lichtschein schlüpfen konnte. Aus diesem Grund erhielt das Tal der Dunkelheit seinen Namen.

Und eben dieser Herr Menotti stand an einem schönen Dezembertag am Fenster seines Hauses und sah auf die Straße. In der Nacht hatte es geschneit. Die Kinder nutzten das aus und spielten im Schnee. Weihnachtslieder drangen aus der Ferne an Herrn Menottis Ohren. Wütend schloß er das Fenster. Er konnte es nicht ertragen, wenn Kinder lachten, andere Menschen glücklich waren, während er einsam und verbittert in seinem Haus saß. Der Gedanke an Weihnachten wurde ihm von Jahr zu Jahr unerträglicher, deshalb beschloß er, dieses Jahr den Menschen das Fest zu verderben. Der Gedanke verschaffte ihm gleich eine bessere Laune. Ein schauriger Schatten legte sich auf sein hageres, faltiges Gesicht.

Am folgenden Tag sah er eine günstige Gelegenheit, seinen furchtbaren Plan in die Tat umzusetzen. Die Kinder spielten am Hang eines kleinen Berges. Mühsam auf einen Stock gestützt, bestieg Herr Menotti den Berg. Er mußte einige Pausen einlegen, bis er erschöpft den Gipfel erreichte. Von dort aus beobachtete er die vergnügten Kinder. Bald wird euch das Lachen vergehen, dachte er, und seine trüben Augen funkelten bedrohlich.

Auf einem Felsvorsprung direkt über den Kindern lag ein großer Stein. Den kann ich bestimmt leicht in die Tiefe werfen, dachte Herr Menotti. Mit aller Kraft stemmte er sich gegen den Felsbrocken. Er sollte den Berg hinunterfallen und die Kinder erschlagen. Doch so sehr sich Herr Menotti auch bemühte, es gelang ihm nicht, den Stein zu bewegen. Er war zu alt und zu schwach dazu.

Wütend trat Herr Menotti gegen den Felsen. Er fluchte und schrie in die Stille des herrlichen Wintertages: »Meine Seele würde ich dafür hergeben, wenn ich diesen Felsen bewegen könnte und die lachenden Kindern nicht mehr länger ertragen muß!« Sein Wunsch blieb nicht ungehört. Wie aus dem Nichts erschien plötzlich ein verschrumpeltes, kleines altes Männchen hinter ihm und sagte: »Ich kann dir deinen Wunsch erfüllen, wenn du mir deine Seele verkaufst. Du mußt nur diesen Vertrag hier unterschreiben.« Das alte Männchen hielt ihm ein dickes vergilbtes Buch, in dem man viele Namen lesen konnte, zum Unterschreiben entgegen.

»Das ist ja lächerlich. Wie willst du mir helfen? Du bist ja noch viel älter und schwächer als ich«, keifte Herr Menotti. »Wir werden den Felsen auch zusammen nicht bewegen können.«

»Glaube mir, daß ich dir helfen kann, und unterschreibe hier«, erwiderte das alte Männchen lächelnd.

Herrn Menotti lief ein kalter Schauer über den Rücken. Wer war der kleine Mann? War er ein Verrückter, oder konnte er ihm wirklich helfen? Auf jeden Fall könnte es nicht schaden, wenn er den Vertrag unterschreiben würde, dachte er und setzte seine zittrige Unterschrift darunter. Kaum hatte er das getan, war das Männchen auch schon wieder verschwunden. Genauso unerklärlich, wie es gekommen war. Das war Herrn Menotti dann doch etwas unheimlich. Trotzdem stemmte er sich ohne lange zu überlegen erneut gegen den Felsen. Und der bewegte sich tatsächlich und fiel den Hang hinunter.

Während Herr Menotti noch lachte und dem Stein nachsah, spürte er, wie der Boden unter seinen Füßen nachgab. Er versuchte davonzulaufen, aber es war schon zu spät. Mit einem lauten Schrei fiel er in die Tiefe.

Nach einiger Zeit erwachte Herr Menotti. Er stand zwischen den Trümmern auf, als ob nichts geschehen wäre. Nicht die geringsten Schmerzen hatte er. Und schon stand das alte Männchen da.

»Was ist geschehen?« fragte Herr Menotti mit einem Mal ängstlich. »Ich lebe noch. Wie konnte das zugehen?«
»Ich habe meinen Teil des Vertages erfüllt, nun bist du an der Reihe«, antwortete das Männchen.
Herr Menotti sah es verständnislos an.
»Du befindest dich im Irrtum, wenn du denkst, noch am Leben zu sein. Du bist tot, und deine Seele gehört mir.«
Herrn Menotti überfiel ein Schauer. »Wer sind Sie?« fragte er mit stockender Stimme.
»Ist dir das immer noch nicht klar?« fragte das alte Männchen und verschwand in einer großen Nebelwolke. Einen Augenblick später stand der leibhaftige Teufel vor Herrn Menotti und lachte so schaurig, daß dieser das letzte bißchen Mut verlor. »Jetzt weißt du, wer ich bin«, sagte der Teufel mit donnernder Stimme, während er Herrn Menotti an der Hand packte und in ein tiefes Loch, aus dem eine nach Schwefel stinkende Rauchwolke drang, stieß. Herr Menotti hatte den Hinterhalt des Teufels erkannt und bereute seine Tat. Doch dazu war es zu spät.

Die Bewohner des kleinen Dorfes feierten in jenem Jahr ihr schönstes Weihnachtsfest. Für alle war der Tod von Herrn Menotti eine Erlösung, denn der Schatten, der über dem Dorf und ihren Gemütern hing, war verschwunden. Die Menschen waren wieder glücklich und frei von Angst. Das ganze Dorf begann wieder zu erblühen und das Tal erhielt den Namen »Tal des Glücks«.
»Und was ist mit den Kindern geschehen?« fragte Lars.

»Das hätte ich ja fast vergessen«, antwortete seine Mutter. »Die Kinder lebten noch. Sie hatten gehört, wie Herr Menotti fluchte, als er den Felsen nicht bewegen konnte, da rannten sie weg. Herr Menotti merkte das allerdings nicht, und so waren die Kinder längst zu Hause, als der große Felsbrocken den Berg hinunterrollte.«
Die Mutter lächelte und streichelte Lars über die Stirn. »So, jetzt mußt du aber schlafen. Gute Nacht«, sagte sie und löschte das Licht aus.
»Gute Nacht«, sagte Lars, drehte sich zur Seite und versuchte zu schlafen. Das gelang ihm allerdings nicht. Er war noch viel zu munter. Deshalb stand er auf und ging zum Fenster. Er setzte sich und sah durch die mit Eisblumen beschlagene Fensterscheibe zum Himmel. Es war finster, doch unzählige Sterne erleuchteten die Nacht. Im Lauf des Tages hatte es aufgehört zu schneien, so daß man jetzt bis zu den Hängen, auf denen die Schneemänner standen, sehen konnte. Lars rieb sich die Augen. Hatte er eben richtig gesehen? Hatte sich einer der Schneemänner wirklich bewegt? Tatsächlich. Einer von ihnen hob den Arm und schwenkte einen Besen. Das gibt es nicht, dachte Lars aufgeregt und drückte seine Nase fest an die Fensterscheibe. Lange starrte er in die Dunkelheit. Die Schneemänner standen starr und unbeweglich wie immer da. Ich habe mich wohl geirrt, meinte Lars und legte sich enttäuscht schlafen.

Am folgenden Morgen sah er gleich aus dem Fenster. Die Schneemänner standen noch genauso da, wie in der Nacht. Eigentlich wollte Lars seinen Freunden von seinem unheimlichen nächtlichen Erlebnis erzählen, aber er schwieg. Sie würden mich für verrückt halten, dachte er. Schneemänner, die sich bewegen, sind ja auch lächerlich.

Im Lauf des Tages vergaß Lars, was er gesehen hatte. Oder was er sich eingebildet hatte? Er und seine Freunde gingen auf einem kleinen See Schlittschuhlaufen. Lars konnte das besonders gut. Er war sowieso sehr sportlich. Bei allen Wettkämpfen, ganz gleich welcher Art, lag er weit vorn. Nur Schwimmen konnte er nicht leiden. Da kam ihm immer zu viel Wasser in den Mund, er mußte husten und verlor.

Im Winter waren Lars und seine Freunde den ganzen Tag am See. Wenn sie nicht gerade Schlittschuhliefen, spielten sie Verstecken oder erzählten sich die neuesten Geistergeschichten.

Auf dem Weg nach Hause war Lars mit seinem besten Freund Max allein. Geheimnisvoll flüsterte er ihm ins Ohr: »Max, ich muß dir etwas sagen. Aber du mußt mir versprechen, nichts weiterzuerzählen.«

Max sagte entrüstet: »Ich bin dein bester Freund. Wie kannst du denken, daß ich tratsche?«

»Entschuldige«, meinte Lars, »also, ich wurde letzte Nacht Zeuge von etwas sehr Seltsamem. Ich stand am Fenster, beobachtete den Sternenhimmel. Plötzlich sah ich, wie sich einer unserer Schneemänner bewegte. Kurz darauf winkte ein zweiter. Dann waren sie wieder still und unbeweglich.«

»Du spinnst«, sagte Max nach einer kurzen Pause, »Schneemänner können sich nicht bewegen.«

»Ein schöner Freund bist du, wenn du mir nicht glaubst. Und ich sage dir trotzdem, daß sie sich bewegt haben. Sie haben sich bewegt«, antwortete Lars trotzig und ließ Max stehen. Wütend ging er nach Hause.

Nicht einmal sein bester Freund glaubte ihm. Aber er würde allen noch beweisen, was er gesehen hatte. Dann sollte ihnen das Lachen vergehen.

In der folgenden Nacht legte sich Lars auf die Lauer. Nicht eine Sekunde wollte er seine Augen vom Fenster lassen. Die Schneemänner hatte er fest im Visier. Lange wartete er vergebens. »Ich kann mich nicht geirrt haben«, sagte er sich immer wieder. Die Schneemänner hatten sich einmal bewegt, warum sollten sie es nicht ein zweites Mal tun? Es wurde sehr spät. Lars spürte, wie er müde wurde. Obwohl er sich heftig gegen den Schlaf wehrte, fielen ihm immer häufiger die Augen zu. Er zuckte zusammen, riß die Augen wieder auf und befahl sich: »Du darfst nicht schlafen, jetzt noch nicht!« All seine guten Vorsätze halfen jedoch nichts. Er schlief ein.
Als Lars wieder zu sich kam, war es still im Haus. Die Eltern waren schon lange schlafen gegangen, wie alle anderen Bewohner des kleinen Ortes. Lars saß immer noch am Fenster. Plötzlich sah er etwas auf sich zufliegen. Blitzschnell hob er die Hände vors Gesicht, um sich zu schützen. Er hörte einen dumpfen Aufprall. Als er die Hände wieder von seinem Gesicht nahm, sah er, was geschehen war: Ein Schneeball war gegen die Fensterscheibe geprallt. Aber wer warf jetzt, um ein Uhr nachts, noch mit Schneebällen? Lars öffnete das Fenster, um besser sehen zu können. Die kalte Luft drang sofort in das Zimmer. Lars zitterte am ganzen Körper, aber die Neugierde war stärker. Er mußte wissen, wer den Schneeball geworfen hatte. Als Lars die »Übeltäter« sah, traute er seinen Augen nicht. Da standen die acht Schneemänner auf der Wiese und bewarfen sich

mit Schneebällen! Als sie Lars entdeckten, winkten sie ihm zu. »Zieh dir etwas an und mach mit!«, rief der große Schneemann mit der Kartoffelnase. »Du brauchst keine Angst zu haben.«

Lars fürchtete sich trotzdem. Wenn er ganz ehrlich war, hatte er selbst nicht so recht daran geglaubt, daß die Schneemänner lebten. Andererseits war er auch sehr neugierig. Um zu beweisen, daß die Schneemänner tatsächlich lebten, mußte er zu ihnen gehen und sich irgendeinen Beweis geben lassen. Max würde Augen machen, wenn er ihm davon erzählen würde. Lars zog sich schnell um. Vorsichtshalber nahm er eine Taschenlampe mit, weil es draußen stockfinster war. Es sah ganz danach aus, als ob es bald wieder anfangen würde zu schneien. Außerdem steckte sich Lars ein Feuerzeug ein. Wenn die Schneemänner ihm wirklich etwas antun wollten, dann konnte er sie mit Hilfe des Feuers zurücktreiben. Bestimmt hatten sie Angst vor Feuer. Schließlich konnte sie das zum Schmelzen bringen.
Lautlos schlich Lars nach draußen. Seine Eltern hatten ihm verboten, das Haus nachts zu verlassen. Wenn sie ihn erwischten, mußte er mit einer Bestrafung rechnen. Hausarrest war für einen Jungen, nicht nur für einen Norweger, das Schlimmste. Aber welcher Junge setzte sich nicht über ein Verbot hinweg, wenn er etwas Aufregendes entdeckt hatte? Leise ließ Lars die Tür hinter sich ins Schloß fallen. Das Licht der Taschenlampe war sehr schwach. Dennoch konnte Lars sehen, wie die Schneemänner auf ihn zukamen. Dann blieben sie stehen und winkten ihm. Es hatte den Anschein, als hätten sie Angst davor, zu nahe an die Häu-

ser heranzukommen. Lars nahm all seinen Mut zusammen und näherte sich den Schneemännern. In der einen Hand hielt er die Taschenlampe, die andere umschloß fest das Feuerzeug.
Als er nur noch etwa fünf Meter von dem Kartoffelnasenschneemann entfernt stand, forderte ihn dieser auf: »Komm, spiel mit uns, Lars.«
Der Junge zuckte zusammen. »Woher weißt du meinen Namen?« fragte er mißtrauisch.
Der Schneemann lachte ein merkwürdig tiefes Lachen. »Du und deine Freunde, ihr habt mich gebaut. Ich habe durch deine Freunde oft genug deinen Namen gehört.«
Diese Erklärung erschien Lars glaubwürdig. »Wie heißt du?« fragte er den Schneemann.
»Nenn mich einfach Kartoffelschneemann«, lachte er. »Hast du Lust auf eine Schneeballschlacht?«
Obwohl Lars die Geschehnisse immer noch sehr merkwürdig vorkamen, hatte er keine große Angst mehr. Die Schneemänner sahen alle freundlich aus. Bestimmt führten sie nichts Böses im Schilde. Er bückte sich, formte einen Schneeball und warf ihn dem Kartoffelschneemann an den Kopf. Daraufhin entbrannte die wildeste Schneeballschlacht, die Lars je erlebt hatte. Die Schneemänner hatten sich gut vorbereitet. Lars wurde von allen acht mit Schneebällen bombardiert. Das Spiel war sehr unfair. Lars mußte immer weiter zurückweichen. Stück für Stück wurde er in den Wald getrieben, bis der Kartoffelschneemann, der anscheinend der Anführer war, seine Hand hob. Sofort hörten die anderen auf zu werfen.
»Wir haben dich hierher gebracht, um dir etwas Wunderbares zu zeigen«, sagte der Schneemann. »Siehst du diese Höhle hinter dir?«

Lars drehte sich um und sah ein großes dunkles Loch in einem riesigen Baum.
»Geh dort hinein, und du wirst Dinge sehen, von denen du nicht einmal zu träumen imstande wärest«, forderte ihn der Kartoffelschneemann auf. Die anderen Schneemänner hatten sich im Halbkreis um Lars aufgestellt.
Der Junge bekam Angst. »Nein, ich möchte da nicht allein reingehen. Morgen bringe ich meinen Freund Max mit. Zu zweit gehen wir in die Höhle«, antwortete er.
»Morgen ist es zu spät. Du mußt jetzt hineingehen«, drängte der Anführer. Schritt für Schritt gingen die Schneemänner auf Lars zu. Er wurde immer mehr in die Enge getrieben. Es gab keinen Ausweg mehr.
»Ich will da nicht hinein«, schrie Lars. Doch es war zu spät.
Der Kartoffelschneemann lachte laut und gab dem Jungen einen kleinen Stoß, noch ehe der sein Feuerzeug aus der Tasche ziehen konnte. Lars verlor das Gleichgewicht, fiel nach hinten, direkt in das Loch im Baum. Das letzte, was er sah, war das hämische Grinsen der Schneemänner. Er fiel tiefer und tiefer. Um ihn herum war alles dunkel. Lars hatte furchtbare Angst vor dem Aufprall. Plötzlich sah er ein Licht. Das mußte das Ende des Tunnels sein, dachte er. Die Geschwindigkeit, mit der er fiel, wurde auf seltsame Art abgebremst. Er wurde immer langsamer und landete federweich auf dem Boden. Kurz vor dem Aufprall hatte Lars aus Angst die Augen zugekniffen. Jetzt öffnete er sie wieder und wurde von einem Licht so stark geblendet, daß er zunächst nichts sah. Doch dann ...

In diesem Moment wurde der alte Odin Margutten durch ein Klopfen an der Haustür unterbrochen. Ärgerlich sa-

hen alle Zuhörer auf. Ausgerechnet jetzt, da alle wissen wollten, wo Lars gelandet war, wurden sie gestört. Odins Frau öffnete. Bibi Ericson, eine junge Frau aus dem Dorf, stand vor der Tür. Ihr dicker Wintermantel und ihre Pelzkappe waren von einer Schneeschicht bedeckt. »Entschuldigt bitte, daß ich zu spät gekommen bin«, sagte Bibi Ericson verlegen. »Ich wurde aufgehalten. Laßt euch durch mich nicht stören.«
Das war leicht dahingesagt, aber die Stimmung, die Odin durch seine Geschichte heraufbeschworen hatte, war zerstört.
Bibi Ericson setzte sich an einen freien Platz. Die Blicke, die ihr von einigen zugeworfen wurden, entlockten ihr ein schüchternes Lächeln. Wenn man sie so sah, konnte man ihr nicht ernsthaft böse sein.
»Wo bin ich stehengeblieben?« fragte Odin, obwohl er es ganz genau wußte. Auf diese Weise konnte er sich überzeugen, daß seine Zuhörer auch wirklich aufmerksam waren. »Lars hat gerade seine Augen wieder aufgemacht, nachdem er in das Loch gefallen war«, rief der kleine Olaf Regvidson aufgeregt.
»Richtig«, stellte Odin fest, er nahm noch einen Schluck Punsch und erzählte weiter.

Der Lichtzauberer

Lars war sehr verwundert, daß es so hell war. Schließlich war er mitten in der Nacht zu den hinterhältigen Schneemännern gegangen. Es dauerte einige Augenblicke, bis er sich an das Licht gewöhnt hatte. Dann konnte er endlich sehen, wo er gelandet war. Er lag auf einer riesengroßen Blumenwiese, die bis zum Horizont reichte. Auf der Wiese standen Blumen, die Lars noch nie gesehen hatte. Sie strahlten im Sonnenlicht in allen Farben und rochen wunderbar nach Rosen, Maiglöckchen, Gardenien und vielen anderen. Lars kannte den Geruch nicht genau. Er hatte in seinem bisherigen Leben noch nie eine solch merkwürdige Wiese gesehen. Vor allen Dingen fragte er sich, wo der ganze Schnee war, den er noch vor wenigen Minuten gesehen hatte. Wie konnten mitten im Winter Blumen blühen? Lars wußte nicht, wo er war. Dieses Land konnte auf gar keinen Fall Norwegen sein. Aber wo konnte er sonst sein? Ratlos stand Lars auf. Trotz des Sturzes hatte er keine Schmerzen, ja, er hatte nicht einmal einen blauen Fleck abbekommen.

Wie aus dem Nichts tauchte plötzlich ein kleiner Mann auf und kam mit einem merkwürdig hüpfenden Gang auf Lars zu. Der kleine Mann war ungefähr so groß wie Lars und trug ein braunes Gewand, in dem er wie ein Mönch aussah. Mit seinem dicken Bauch, den roten Bäckchen und der leuchtenden Glatze wirkte er sehr lustig.

»Wer bist du?« fragte Lars, als der Mann nahe genug an ihn herangekommen war. Außer Atem vom schnellen Laufen antwortete der mit einer piepsenden Stimme: »Ich bin der Riese Tim Pim Pa.« Stolz streckte er seinen winzigen Körper, um größer zu wirken.

»Du kannst kein Riese sein, dazu bist du viel zu klein«, kicherte Lars. Es wäre besser gewesen, er hätte geschwiegen, denn der Riese Tim Pim Pa stampfte daraufhin wütend mit den Füßen auf, ballte die Fäuste und brüllte, wenn man das bei seiner Stimme so nennen konnte: »Ich bin ein Riese, auch wenn du das jetzt nicht siehst. Mein Vater Tom Pim Pa war der größte Riese, der jemals lebte. Er war so groß wie die höchsten Berge. Sein großer Zeh war größer als der Eiffelturm auf eurer Erde. Ja, er war weit und breit berühmt. Und ich bin sein Sohn.«
Lars glaubte Tim Pim Pa nicht. Entweder war er ein Betrüger oder ein Verrückter. »Warum bist du nicht so groß wie dein Vater?« fragte Lars frech, obwohl er einen weiteren Wutausbruch des kleinen Mannes befürchtete. Das hinderte ihn allerdings nicht an seiner Frage, denn seine Neugierde war schon immer größer als seine Angst gewesen. »Daran ist der böse Schattenzauberer schuld«, schimpfte Tim Pim Pa, »dieser miese Scharlatan, dieser Westentaschen-Houdini, dieser Provinzmagier hat mich, den großen Riesen Tim Pim Pa, schrumpfen lassen.«
Lars tat der vor Wut zitternde Riese leid. »Kann man dagegen gar nichts tun? Kann ich dir irgendwie helfen?« fragte er.
Der kleine Riese überlegte. »Vielleicht kannst du das«, meinte er schließlich, und packte Lars am Arm. »Jetzt mußt du erst einmal mitkommen. Der gute Zauberer des Lichts wartet bereits auf dich.«
»Moment mal«, rief Lars und blieb stehen »ich verstehe gar nichts mehr. Der gute Zauberer des Lichts, der böse Zauberer der Schatten. Wer sind diese Leute überhaupt? Und vor allen Dingen, wo bin ich?«

Tim Pim Pa sah Lars erstaunt an. »Was für eine dumme Frage! Du bist im Spiegelland. Und jetzt komm endlich mit.«
Was habe ich zu verlieren? dachte Lars und folgte dem Riesen. Vielleicht erfuhr er von diesem merkwürdigen Zauberer, wie er nach Norwegen zurückkommen konnte.

Während sie über die herrlich duftende Wiese gingen, überlegte Lars, wo dieses Spiegelland liegen könnte. In der Schule hatte er nie etwas davon gehört. Die Ereignisse der letzten Stunde kamen ihm ohnehin sehr seltsam vor. Sprechende Schneemänner, ein winziger Riese, diese wunderschöne und doch geheimnisvolle Wiese – alles war wie in einem Traum. Lars rechnete damit, jeden Moment in seinem Bett aufzuwachen. Statt dessen ging er mit dem kleinen Riesen Tim Pim Pa direkt auf einen großen Turm zu, der plötzlich auf der Wiese auftauchte.
»Das ist der Turm des großen Zauberers des Lichts«, erklärte Tim Pim Pa stolz. Sie standen vor einem riesigen Tor, an dem ein nicht minder großer Türknauf angebracht war. Der hatte die Gestalt eines Löwen.
Lars wollte ihn gerade anfassen, als er sich bewegte. Vor Entsetzen sprang der Junge einen Schritt zurück.
»Wer begehrt Einlaß in den Turm des großen Zauberers des Lichts?« fragte der Löwenkopf mit donnernder Stimme.
»Ich bin es, der Riese Tim Pim Pa«, antwortete der kleine Riese.
Der Löwenkopf lachte laut. »Das war ein guter Witz«, sagte er schließlich. »Und wen hast du bei dir, kleingeratener Riese?«

Lars sah, daß Tim Pim Pa wütend wurde, weil sich der Löwe über seine Größe lustig machte, aber er hatte sich unter Kontrolle und antwortete freundlich: »Das ist Lars, ein Junge aus Norwegen. Der große Zauberer möchte ihn sprechen.«
»Dann tretet ein«, sagte der Löwe, und das große Tor öffnete sich.

Ängstlich betrat Lars den dunklen Turm. Tim Pim Pa ballte die Faust. Gern hätte er dem frechen Löwen im Vorbeigehen auf die Nase geschlagen. Im letzten Moment traute er sich dann aber doch nicht. Der Löwenkopf lachte und der kleine Riese ärgerte sich noch mehr.
Kaum hatten sie den Turm betreten, schloß sich das Tor wieder. Jetzt gab es kein Zurück mehr.
»Komm schon, wir haben keine Zeit«, forderte Tim Pim Pa den Jungen auf. Sie bestiegen eine endlos lange Treppe, die eine sehr merkwürdige Eigenart hatte: Immer wenn man eine Stufe betrat, leuchtete die in irgendeiner Farbe auf. Schaute Lars zurück, sah er ein einzigartiges Farbenmeer hinter sich, schaute er nach vorn, war alles düster und grau. Ein merkwürdiges Land, dachte er erneut. Was würde wohl noch alles auf ihn zukommen?
Jetzt stand er erst einmal vor einer weiteren großen Holztür. Tim Pim Pa klopfte, und sie öffnete sich wie von Geisterhand.
Vorsichtig betrat Lars das große helle Zimmer. Wieder fiel die Tür hinter ihm ins Schloß. Lars sah sich in dem Raum um. Überall lagen alte, verstaubte Bücher, seltsam glitzernde Kristallkugeln, Fläschchen mit bunten Flüssigkeiten und vieles mehr. Gegenüber der Tür, am

anderen Ende des Raums, stand ein Schreibtisch, auf dem meterhoch die verschiedensten Dinge lagen.
Eine Eule saß auf einem Regal, eine Fledermaus hing an der Decke, und eine kleine Schlage schlängelte sich auf dem Schreibtisch. Lars bekam Angst. Schlangen konnte er nicht leiden. Vielleicht war sie giftig und wollte ihn beißen.
Hinter dem Schreibtisch stand ein Sessel, dessen Lehne zu den Besuchern gedreht war. Dahinter stiegen große Rauchwolken auf.
Tim Pim Pa wurde ungeduldig. Er räusperte sich, aber die Gestalt im Sessel reagierte nicht. »Großer Zauberer, wir sind da«, sagte er schließlich leise. Er hatte Respekt vor dem Zauberer, der anscheinend sehr mächtig war. Vielleicht hoffte Tim Pim Pa, von ihm in einen Riesen zurückverwandelt zu werden.
Langsam drehte sich der Sessel um. Ein großer, sehr schlanker alter Mann kam zum Vorschein. Er hatte lange weiße Haare und trug ein blaues Gewand mit vielen golden leuchtenden Sternen und Sonnen. Der Zauberer wirkte gebrechlich. Sein Gesicht konnte man nur verschwommen wahrnehmen, denn es befand sich hinter einer weißen Rauchwolke. Der Rauch kam von einer dicken Zigarre, die er mit sichtlichem Genuß rauchte.
Lars hatte noch nie einen Zauberer gesehen, hatte sie sich aber immer völlig anders vorgestellt, jedenfalls nicht mit Zigarre und ohne Bart.
Plötzlich begann der alte Mann zu husten. »Ich sollte das Rauchen aufgeben«, brummelte er in seinen Bart und warf die Zigarre weg. Ein Besen und eine Schaufel, die unbeweglich in der Ecke gestanden hatten, tanzten zum Schreibtisch und beseitigten den Stummel. Der Rauch verzog sich. Endlich konnte man das Gesicht des

Zauberers richtig erkennen. Es war von vielen winzigen Falten durchzogen. In der Mitte befand sich eine markante Hakennase, die an einen Falken erinnerte. Seine Gesichtsfarbe war ungesund bleich. Wahrscheinlich kam der Zauberer viel zu selten an die frische Luft. Als der Zauberer des Lichts Lars sah, lächelte er gütig und sagte: »Es freut mich, dich begrüßen zu können, Lars. Allerdings habe ich dich noch nicht so früh erwartet. Entschuldige bitte den Zustand meines Arbeitszimmers. Ich komme einfach nicht mehr zum Aufräumen. Und den Aufräumzauberspruch finde ich in dieser Unordnung nicht mehr. Oh, ich vergesse wieder einmal die einfachsten Höflichkeitsformen. Setzt euch doch bitte.«
Der alte Zauberer schnippte mit den Fingern. Von irgendwoher tauchten zwei Stühle auf. Lars setzte sich vorsichtig. Er befürchtete, daß ihn der alte Stuhl nicht tragen könnte. Der war jedoch völlig stabil.
Der Zauberer beobachtete Lars sehr genau und meinte dann: »Du bist sicher durstig nach deiner kleinen Reise.« Er klatschte in die Hände, und plötzlich standen auf dem Tisch zwei Gläser, die mit einer roten Flüssigkeit gefüllt waren. Außerdem sah Lars eine riesige Schüssel mit den köstlichsten Himbeeren, Brombeeren, Stachelbeeren, Heidelbeeren und eine merkwürdigen Beerenart, die rot-weiß kariert war. »Was ist das?« fragte er schüchtern.
»Das sind Quicklbeeren. Sie schmecken ausgezeichnet«, antwortete der Zauberer.
Lars probierte die Beeren vorsichtig und konnte bald nicht genug davon bekommen. Sie schmeckten besser als alles, was er je gegessen hatte. Und auch das Getränk war einzigartig. Es war Himbeersaft mit irgendeiner unbekannten Zutat.

»Ich freue mich, daß es dir schmeckt«, sagte der Zauberer, der Lars weiterhin sehr genau beobachtete.
Nachdem sich Lars gestärkt hatte, sah er dem Zauberer fest in die Augen, nahm all seinen Mut zusammen und fragte: »Wo bin ich hier? Woher kennen Sie meinen Namen? Was haben Sie mit mir vor?«
Der alte Zauberer des Lichts lächelte. »Du hast recht, ich habe dir einiges zu erklären.« Er stand mühsam auf und ging schleppend, auf seinen großen Stock gestützt, auf eine Kristallkugel zu. Sobald er sich abgewandt hatte, zischte die Schlange, die vorher unbeweglich auf dem Tisch gelegen hatte, Lars an.
»Laß unseren Gast in Ruhe, Luzi!« rief der Zauberer, ohne sich umzudrehen. Luzi verzog mißmutig den Mund und rollte sich wieder zusammen.
Lars stand auf und folgte dem Zauberer zu der Kugel, denn er wollte sich nicht in Reichweite der Schlange aufhalten.
Der alte Zauberer sprach einige unverständliche Worte. Ein Blitz schoß in die Kugel und Rauch stieg auf. Als er sich verzogen hatte, konnte Lars in ihr ein Bild erkennen: die riesige Blumenwiese, hohe Berge, dichte Wälder, große Seen. Über allem lag ein strahlendes Licht.
»Dies ist mein Land«, erklärte der Zauberer stolz. »Es ist die eine Hälfte des Spiegellandes. Unser Land, mußt du wissen, ist genau in der Mitte durch einen riesengroßen Spiegel geteilt.«
Lars sah einen Spiegel mit gigantischen Ausmaßen in der Kugel.
Der Zauberer sprach weiter, während sich die Bilder in der Kugel veränderten: »Auf jeder Seite des Spiegels sieht das Land genau gleich aus. Hier leben Zwerge,

dort Gnome, hier leben Feen, dort Hexen. Alles gibt es in unserem Land doppelt. Aber es gibt dennoch einen entscheidenden Unterschied: Auf die eine Hälfte des Landes wirft der Spiegel seinen Schatten. Dort ist alles dunkel, grau, trostlos und die Bewohner sind böse.«
Lars sah in der Kugel dieses Land. Es war entsetzlich. Dort gab es keine Farbe. Alles war schwarz-weiß-grau. Lars erkannte die Blumenwiese wieder, allerdings waren die Blumen verwelkt. Auch der Turm stand da, aber er war verfallen und sah gespenstisch aus.
»In diesem Turm wohnt mein Bruder, der Zauberer des Schattens«, sagte der Zauberer des Lichts. Seine Stimme hatte einen wehmütigen Unterton. »Früher waren mein Bruder und ich die besten Freunde. Doch dann fingen wir einen unsinnigen Wettkampf an. Wir wollten feststellen, wer von uns der bessere Zauberer ist. Eigentlich war es nur ein Spaß. Mein Bruder verlor. Er konnte mir die Niederlage nie verzeihen und wurde zu meinem erbitterten Feind. Er schuf den großen Spiegel und teilte somit unser Land in Licht und Schatten, in Gut und Böse. Er konnte dies nur mit der Hilfe eines uralten magischen Amuletts. Es gelang mir, ihm die eine Hälfte abzunehmen. Aber er besitzt immer noch die andere Hälfte. Nur wer beide Hälften verbindet, kann den Spiegel zerstören. Gemeinsam wäre es ein Kinderspiel, aber allein ist es unmöglich. Immer wieder habe ich meinem Bruder angeboten, Frieden zu schließen, aber es hatte keinen Sinn. Er veränderte sich immer mehr und war besessen von dem Gedanken, mich doch noch irgendwann zu schlagen. Tag und Nacht denkt er daran. Sein Plan ist es, mein Land unter seine Kontrolle zu bringen. Dann würde es genauso aussehen wie sein Schattenreich. Wäre das nicht furchtbar! Seit unserem Wettstreit

versuche ich seine Angriffe abzuwehren, das Schattenreich wieder in ein Lichtreich zu verwandeln, ihm die alte Schönheit zurückzugeben. Darüber sind wir beide in all den Jahren alt geworden. Keiner von uns hatte jemals über den anderen triumphieren können. Eine friedliche Einigung rückte immer mehr in die Ferne, bis sie ganz unmöglich wurde.
Heute bin ich alt. Ich habe nicht mehr die Kraft zum Kämpfen. Mein Bruder holt allerdings zu einem neuen Schlag aus. Es sieht ganz danach aus, als würde er den Kampf doch noch gewinnen. Deshalb habe ich dich hierherbringen lassen. Du bist der einzige, der unser Land retten kann.«

Lars starrte lange in der Kugel das Gesicht des Zauberers der Schatten an. Auch er war ein alter Mann und sah seinem Bruder ähnlich. Aber er hatte böse Augen, ein graues Gesicht, das vom Haß zerfressen war. Lars lief eine Gänsehaut über den Rücken, als er dieses Gesicht sah. Das gütige Lächeln des Zauberers des Lichts war bei seinem Bruder eine grauenhafte Fratze. Gern hätte Lars dem alten Zauberer geholfen, seinen Bruder zu besiegen. Aber wie sollte er das tun? Er war doch nur ein kleiner Junge, der über keine außergewöhnlichen Fähigkeiten verfügte. Deshalb sagte er zu dem Zauberer: »Ich bin viel zu schwach, um dir zu helfen.«
»Das bist du nicht, du Dummkopf«, fiel ihm der kleine Riese Tim Pim Pa, der die ganze Zeit schweigend auf seinem Stuhl gesessen hatte, ins Wort. »Der Zauberer ist ein weiser Mann. Wenn er sagt, du kannst ihm helfen, kannst du das auch. Verstanden!«
»Beruhige dich, Tim Pim Pa«, sagte der Zauberer mit milder Stimme. »Lars weiß doch noch gar nicht, was

ich von ihm erwarte. Ich muß dir, glaube ich, noch einiges erzählen. Mein Bruder hat sich mit der bösen Wetterhexe Leopoldine Donnerblitz zusammengetan. Sie arbeiten daran, das Wetter in meinem Land so zu verändern, daß es zu einer Klimakatastrophe kommt. Sie wollen die Sonne verfinstern, ihr die Möglichkeit nehmen, ihre Strahlen auf die Erde zu schicken. Dann würden alle Pflanzen sterben. Es würde genauso trostlos aussehen wie im Schattenreich. Ich rechne jeden Tag damit, daß sie losschlagen. Wir haben keine Zeit zu verlieren. Es gibt nur ein Mittel, um meinen Bruder aufzuhalten. Siehst du dieses Amulett?«
Der Zauberer hielt ein halbmondförmiges Amulett, das er um den Hals trug, in die Höhe. Den Rand bildete eine Schlange, in der Mitte konnte man ein Auge erkennen. »Das ist die eine Hälfte des magischen Amuletts«, erklärte der Zauberer, »die andere Hälfte befindet sich im Turm meines Bruders. Du mußt mir dieses Amulett besorgen. Wenn ich beide Teile zusammenfüge, wird der Spiegel zerbrechen und die Macht meines Bruders ist damit ebenfalls gebrochen.«
Lars überlegte einen Augenblick. »Aber du bist doch Zauberer. Warum kannst du dir das Amulett nicht selbst beschaffen?«
»Du bist ein kluger Junge«, meinte der Zauberer des Lichts, »ich hatte doch recht gehabt, als ich dich auswählte. Ich kann mir das Amulett nicht herbeizaubern. Meine Macht endet an dem Spiegel, der unser Land teilt. Im Schattenreich bin ich machtlos. Und auch für meine Freunde wäre es viel zu gefährlich. Deshalb brauche ich dich.«
Lars hatte wenig Lust, in die Intrigen zweier alter Zauberer verwickelt zu werden. Was ging ihn dieses seltsa-

me Spiegelland an? Nein, er wollte sich nicht in Gefahr begeben, sondern nach Hause, nach Norwegen. »Du sagst, daß es für deine Freunde sehr gefährlich ist. Ist es für mich etwa ungefährlich?«, fragte Lars.
Der alte Zauberer stockte für einen Moment. Mit dieser Frage hatte er nicht gerechnet.« Doch, auch für dich ist es gefährlich«, antwortete er schließlich, »aber ich habe meine Möglichkeiten, dich zu beschützen. Bist du bereit, mir und meinem Land zu helfen?«
»Nein«, antwortete Lars heftig. »Nein. Ich will nur eines, nämlich wieder zurück nach Hause.«
Ärgerlich sah ihn der Zauberer an. »Ich werde dich zurück nach Norwegen bringen, aber nur, wenn du mir hilfst. Du bist auf mich genauso angewiesen wie ich auf dich«, stellte er fest. Seine zusammengekniffenen Augen funkelten gefährlich, und sein Gesicht verfinsterte sich. Jetzt sah er fast genauso böse wie sein Bruder aus.
»Das ist eine ganz gemeine Erpressung!«, schrie Lars, der sich jetzt nicht mehr beherrschen konnte und seine Angst vor dem alten Mann verloren hatte. »Erst werde ich entführt, und dann soll ich mein Leben für ein Land riskieren, das ich nicht einmal kenne. Nein, da spiele ich nicht mit!«
»Das sind aber heftige Worte«, beschwichtigte ihn der Zauberer. »Ich würde meine Worte nicht als Erpressung ansehen, sondern als kleinen Anreiz, mir zu helfen. Überlege dir deine Antwort gut. Du hast allerdings nicht viel Zeit.« Der Zauberer nahm eine Sanduhr und drehte sie um. Der Sand rieselte langsam durch das kleine Loch.
Lars überlegte. Was sollte er tun? Hatte er überhaupt eine andere Wahl, als dem Vorschlag des Zauberers zu-

zustimmen? Ihm blieb wohl nichts anderes übrig. Immer schneller rieselte der Sand durch das Loch. Lars spürte den Blick des Zauberers, von Tim Pim Pa und den Tieren, die wie versteinert im Zimmer saßen, auf sich ruhen. Es war Erpressung, eine ganz gemeine sogar. Der Zauberer konnte da noch so schöne Umschreibungen finden. Ja oder nein fragte sich Lars. Ja oder nein. Ja oder ...«

In diesem Moment wurde der alte Odin erneut unterbrochen. Der stürmische Wind hatte ein Fenster, das nicht richtig geschlossen war, geöffnet. Eine Glasvase, die auf dem Fensterbrett stand, war mit lautem Klirren heruntergefallen. Die Zuhörer, die von Odins Erzählung gefesselt waren, schraken auf. In ihrer Phantasie waren sie noch im Spiegelland und nicht in Norwegen. Odin ärgerte sich. Er konnte es nicht leiden, wenn er bei seinen Erzählungen gestört wurde. Es dauerte schließlich lange genug, bis er seine Zuhörer in eine fremde Welt entführt hatte. Eine winzige Ablenkung, wie die zerbrochene Glasvase, zerstörte die Spannung, die er aufgebaut hatte. »Hoffentlich war das die letzte Störung für heute abend«, sagte Odin. Er wartete, bis es wieder still wurde, bis man nur noch das Knistern des Holzes im Kamin hören konnte. Dann erhob er erneut seine geheimnisvoll knarrende Stimme:

Die Zeit rann Lars davon. Der Sand war schon fast ganz durch die Sanduhr gerieselt. Es blieben ihm höchstens zwei Minuten zum Überlegen. Sicher war es gefährlich, das Amulett zu beschaffen, aber es war für ihn die einzige Chance zurückzukehren. Dieser hinterlistige alte Zauberer, der den Eindruck eines netten älteren

Herrn machte, hatte ihn in der Hand. Er hatte die Macht, über Lars Schicksal zu entscheiden. Die letzten Sandkörner waren inzwischen in den unteren Teil der Sanduhr gefallen.

»Nun, wie ist deine Entscheidung?«, lautete die Frage des Zauberers, der genau wußte, wie Lars antworten würde.

»Ich will nicht, aber ich muß«, sagte Lars.

»Das höre ich natürlich gerne«, entgegnete der Zauberer mit strahlendem Gesicht. »Hier habe ich eine Karte für dich, auf der der Weg zum Turm meines Bruders eingezeichnet ist. Wo das Amulett versteckt ist, weiß ich nicht. Ich vermute aber, daß es im Arbeitszimmer meines Bruders liegt. In diesem Beutel sind einige Dinge, die du auf dem Weg gut gebrauchen kannst. Tim Pim Pa, der dich begleiten wird, weiß genau Bescheid. Er kann dir alles weitere erklären. Jetzt kann ich dir nur noch Glück wünschen. Gib dein Bestes, denn auf deinen Schultern liegt die Zukunft unseres Landes.«

Nach einer kurzen Pause fügte er hinzu: »Und deine eigene Zukunft.« Der Zauberer überreichte Lars, der ihn mißmutig ansah, einen kleinen Beutel. Dann winkte er seiner Eule, die lange Zeit regungslos auf einem verstaubten Schrank gesessen hatte. »Das ist Weißkopf. Er wird dich ebenfalls begleiten und dir sicher eine große Hilfe sein«, sagte der Zauberer. Er schnippte mit den Fingern. Die Tür öffnete sich.

Lars wurde von Tim Pim Pa regelrecht nach draußen gezogen. Doch er blieb noch einmal stehen. »Warum ausgerechnet ich?«, fragte er und sah den Zauberer böse an.

»Das ist eine alte Geschichte, die ich dir später einmal erzählen werde«, antwortete dieser.

Lars gab sich damit zufrieden, wenn auch widerwillig. Bevor sich die Tür wieder schloß, warf er einen letzten Blick auf den alten Zauberer. Der fühlte sich unbeobachtet und ließ sich mit einem leisen Stöhnen in seinen Sessel fallen. Irgendwie tat er Lars leid. Er brachte es nicht fertig, ihn zu hassen, obwohl er für seine unglückliche Lage verantwortlich war.

Vor dem Turm des Zauberers stand ein Pferd, allerdings kein gewöhnliches. Es hatte ein silbernes Fell und goldene Hufe. Auch die Ohren waren golden, und auf dem Rücken befand sich ein goldener Fleck. »Das ist Silberwind, das schnellste Pferd im ganzen Spiegelland«, erklärte der kleine Riese Tim Pim Pa. »Mit ihm werden wir in Windeseile zur Grenze reiten.«
Lars näherte sich dem Tier mit größter Vorsicht. Er war einmal von einem Pferd abgeworfen worden. Das war zwar schon zwei Jahre her, aber an die Schmerzen der Verletzungen nach dem Sturz konnte er sich noch sehr gut erinnern. Silberwind senkte den Kopf und ließ sich bereitwillig von Lars streicheln. Anscheinend mochte das Pferd den Jungen, der sich mit Schwung auf dessen Rücken setzte. Auch Tim Pim Pa hatte darauf noch Platz. Die Eule, die jahrelang im Turm des Zauberers gelebt hatte, war zum Fliegen zu faul. Sie setzte sich in die Tasche, die Lars fest in beiden Händen hielt. Dann ging es los.
Silberwind trug seinen Namen nicht zu unrecht. Er war tatsächlich schnell wie der Wind. In Sekundenschnelle galoppierte er über die Blumenwiese. Wälder und Wiesen wechselten sich ab. Von Zeit zu Zeit entdeckte Lars einige Häuser, die allerdings nicht so aussahen wie die in Norwegen. Es waren große Pilze mit

Türen und Fenstern. In einer anderen Gegend lebten die Menschen in riesengroßen Bäumen, die fast bis zum Himmel hinaufreichten. »Ein merkwürdiges Land«, murmelte Lars wieder einmal und betrachtete aufmerksam die Umgebung. Er sah knallrote Bären direkt neben giftgrünen Elefanten. Auf einer Wiese stand ein Chor aus Kühen, der ein Lied probte. Seltsamerweise hörte sich der Gesang sehr gut an. Singende Kühe! Wenn ich das zuhause erzähle, glaubt mir kein Mensch, dachte Lars.

Plötzlich wehte von einer Sekunde auf die andere ein kalter Wind. Lars beunruhigte das nicht weiter, doch die Eule und Tim Pim Pa gerieten in Panik. »Das hat die böse Wetterhexe getan«, schimpfte der kleine Riese. Lars wunderte sich, was an dem bißchen Wind so schlimm sein sollte.
»Du verstehst aber auch gar nichts«, schnauzte ihn Tim Pim Pa an. »In unserem Land ist das ganze Jahr über Sommer. Nie weht hier ein kalter Wind. Die böse Hexe will den Winter in unser Land bringen. Wenn ihr das gelingt, werden alle Pflanzen sterben. Ohne Pflanzen wird das Land trostlos und grau. Das ist es, was der böse Zauberer der Schatten will. Wir haben zwar mit einem Angriff gerechnet, aber nicht so bald. Jetzt müssen wir uns noch mehr beeilen.«
Allmählich verstand Lars, wie wichtig seine Mission war. Ohne das Amulett waren die Hexe und der Zauberer nicht aufzuhalten. Gemeinsam waren sie stärker als der Lichtzauberer. Es würde ihnen gelingen, dieses herrliche Land zu zerstören. Obwohl Lars eigentlich nichts mit dem Spiegelland zu tun hatte, gefiel ihm dieser Gedanke nicht. Er mußte sein Möglichstes tun, um

das Amulett zu bekommen. Vielleicht würde er dann als Held in die Geschichte dieses Landes eingehen, wie Siegfried der Drachentöter. Das war für Lars eine sehr verlockende Aussicht.

Und dann kam der große Augenblick. Völlig unvermittelt standen Lars und seine Begleiter vor dem großen Spiegel, der das Land teilte. Der Spiegel war sehr sonderbar, durchsichtig wie eine Fensterscheibe. Während auf der Lichtseite alles in den herrlichsten Farben schimmerte, war die andere Seite eintönig grau in grau. Lars konnte weder einen Anfang noch ein Ende des Spiegels erkennen. Irgendwo verlor er sich winzig klein in der Weite des Horizonts. Silberwind blieb vor dem Spiegel stehen.

»Wie geht es jetzt weiter? Wie kommen wir da durch?«, fragte Lars seine Begleiter. Er klopfte mit der Hand an den Spiegel. Er war hart wie Stein. Aber es mußte irgendwo eine Lücke oder einen Durchgang geben. Tim Pim Pa sah ratlos aus. Er hatte auch nicht daran gedacht, den Zauberer zu fragen, mit welchem Trick man durch den Spiegel kommt. Nur Weißkopf, die alte Eule, wußte Rat. Sie flog in die Höhe, stieg höher und höher und war plötzlich verschwunden. Lars und Tim Pim Pa sahen sich verwundert an. Noch bevor sie etwas sagen konnten, tauchte Weißkopf wieder auf. »Kommt hier herauf«, rief die Eule mit schnarrender Stimme, »hier ist ein kleines Loch im Spiegel. Groß genug für euch«

»Eine sprechende Eule«, murmelte Lars, den in diesem Märchenland bald gar nichts mehr überraschen konnte.

»Du hast eins vergessen, Weißkopf«, rief Tim Pim Pa mit zorniger Stimme zurück, »wir können nicht fliegen.« Dabei wedelte er mit seinen Armen hin und her.

Das sah so komisch aus, daß Lars lachen mußte, was ihm einen bösen Blick des Riesen eintrug. »Ich finde das gar nicht komisch«, schnauzte er Lars an. »Oder kannst du etwa fliegen? Nein, du kannst es nicht. Wir müssen uns etwas einfallen lassen. Du hast dir wohl gedacht, du kommst hierher, klopfst an den Spiegel und er fällt vor dir zusammen. So leicht ist das nicht. Du bildest dir ein ...«

Jetzt wurde es Lars zu bunt. Er hatte nicht die Absicht, sich ständig die Schimpfereien des kleinen Riesen anzuhören. »Halt endlich den Mund«, sagte Lars in strengem Ton. Tim Pim Pa war so geschockt, daß er tatsächlich schwieg. »So ist es besser«, erklärte Lars, »für was hat uns dein großartiger Zauberer den Beutel mitgegeben. Wenn er wirklich so schlau ist, wie du behauptest, dann hat er auch an den Spiegel gedacht. Irgend etwas muß in dem Beutel liegen, das uns helfen kann, auf die andere Seite zu gelangen. Obwohl ich da gar nicht gern hingehe.«

Mit einem Blick auf die düstere, beängstigende Schattenwelt öffnete Lars den Beutel – und traute seinen Augen nicht. Darin befand sich nur alter Krempel: eine zerschlissene Kappe, ein langes Seil, ein dünnes Holzstäbchen, einige gläserne Murmeln, eine Knoblauchkette und eine Steinschleuder. »Was soll ich mit dem Zeug? Das kann doch nur ein Witz sein!« empörte sich Lars.

Tim Pim Pa saß mit geöffnetem Mund am Boden und riß die Augen auf. Ist der Zauberer noch bei Trost, uns auf eine so gefährliche Reise diesen unnützen Kram mitzugeben? dachte er und wagte es nicht, seine Gedanken auszusprechen. Dazu hatte er zuviel Respekt vor dem Zauberer. Dennoch konnte er nicht verstehen, was sich dieser dabei gedacht hatte.

Weißkopf, die Eule, rettete die Situation. »Pack die Sachen wieder in den Beutel. Du brauchst nur das Seil«, raunte sie. Lars wußte nicht, was er mit dem Seil tun sollte, aber er gehorchte. Vielleicht wußte es ja die Eule.

Wie von Geisterhand bewegt, schnellte das Seil plötzlich in die Höhe, stand aufrecht in der Luft und reichte merkürdigerweise genau bis zu dem Loch im Spiegel.

»Kommt schon! Klettert hinauf!« rief ihnen die Eule zu.

»Mach's gut, Silberwind«, flüsterte Lars dem Pferd ins Ohr und gab ihm einen Klaps auf den Rücken. Silberwind drehte sich um und lief wieder zum Turm des Zauberers zurück. Im Schattenreich war er mit seiner silbernen Mähne zu auffällig, um Lars weiter zu begleiten. Außerdem hätte das Pferd nicht das Seil hinaufklettern können.

Lars zog sich ohne Schwierigkeiten am Seil hinauf, bis er an dem Loch angekommen war. Tim Pim Pa dagegen rief: »Da klettere ich nicht rauf, ich habe Höhenangst. Ich kann nicht hinaufsteigen.« Bockig verschränkte er die Arme und rührte sich nicht von der Stelle. Alles Reden von Lars und der Eule half nichts. Tim Pim Pa ließ sich nicht überreden, auch nur einen Meter hinaufzuklettern. Schließlich riß Lars der Geduldsfaden. »Du willst ein Riese sein!«, brüllte er, um Tim Pim Pa zu reizen. »Ein Feigling bist du, eine Schande für deine angeblich so mutige Familie. Dein Vater würde sich schämen, wenn er dich sehen könnte. Einen winzigen, vor Angst zitternden Zwerg!«

»Na warte, niemand nennt mich ungestraft einen Zwerg«, schrie der kleine Riese zurück und machte sich daran, sich an dem Seil hochzuziehen. Anfangs ging es ganz gut, doch als er etwa die Hälfte hinter sich

hatte, sah Tim Pim Pa nach unten. »Mir wird schwindlig! Ich falle! Ich falle!« schrie er.
»Bleib ganz ruhig. Du hast die Hälfte schon hinter dir«, sagte Lars. »Du darfst nur nicht nach unten sehen, dann schaffst du es. Und jetzt weiter, Stück für Stück. Ja, gut so.« Lars und die Eule feuerten Tim Pim Pa an.
Dem stand der Schweiß auf der Stirn, doch er riß sich zusammen und zog sich weiter nach oben. Er zitterte am ganzen Körper. Plötzlich rutschte er ein Stück ab, konnte sich aber wieder festhalten. Allen dreien stockte für einen Moment der Atem. Tim Pim Pa fing sich glücklicherweise schnell und zog sich weiter hoch zu Lars. Und gleich darauf hatte er es geschafft und in war Sicherheit.
»Sei mir nicht böse wegen des Zwerges. Ich wollte dich nur reizen, um dich zum Klettern zu bewegen«, entschuldigte sich Lars. »Daß du mutig bist, brauchst du jetzt nicht mehr zu beweisen.«
Tim Pim Pa lächelte stolz. Aber das Lachen gefror ihm im Gesicht als er nach unten sah. »O weh, da müssen wir ja wieder runter!« stöhnte er. Lars zog das Seil zu sich hinauf und ließ es auf der anderen Seite wieder herunter. »Runter kommt man schneller als rauf«, krächzte die Eule und lachte spöttisch. Tim Pim Pa sah sie verärgert an. Sie hatte schließlich nicht die Probleme wie er und Lars. Sie konnte fliegen.
Der Abstieg ging besser voran als erwartet. Beide kamen sicher am Boden an. Tim Pim Pa schlotterte am ganzen Körper. Er ließ sich auf die Erde fallen und blieb für einen Moment erschöpft liegen.
»Wir müssen weiter«, drängte Lars, dem daran lag, die Mission so schnell wie möglich zu beenden. Er zog die

Karte, die ihm der Zauberer gegeben hatte, aus der Jackentasche. Mit Entsetzen stellte er fest, daß der Turm des Zauberers der Schatten in weiter Ferne lag. Was sie auf Silberwinds Rücken in drei Stunden zurückgelegt hatten, würde zu Fuß bestimmt zwei Tage oder länger dauern. Und dann mußten sie den Weg wieder zurückgehen. Lars sah sich um. Sie standen auf einer großen, grauen Ebene. In einiger Entfernung konnte er die ersten Ausläufer eines Waldes erblicken. »In unserer bunten Kleidung fallen wir hier sofort auf«, stellte Lars fest, »wir müßten etwas Graues zum Anziehen haben, sonst kommen wir hier nicht weit.« Aber wo sollten sie herbekommen, was sie brauchten? Hier konnte man nirgends Kleidung kaufen und selbst wenn, sie hatten kein Geld dazu.

Tim Pim Pa hatte sich inzwischen wieder aufgerichtet und war ein paar Schritte in Richtung Wald gegangen. Aber was war das? Auf seinem Hosenboden hatte sich sein braunes Gewand grau verfärbt. Lars bückte sich und zerrieb etwas von dem grauen Sand in seinen Händen. Sie verfärbten sich grau. »Tim Pim Pa, du hast die Lösung unseres Problems gefunden«, rief Lars dem kleinen Riesen zu. Der sah ihn verwundert an. »Betrachte dir einmal deine Hose«, meinte Lars.

Tim Pim Pa sah sich die Hose sehr gründlich an, bis er den grauen Fleck entdeckte. Dann nahm er ein wenig Sand in die Hände und lachte. »Das ist es!« rief er freudig aus und machte sich gleich daran, seine Kleider mit dem Sand einzureiben. Lars tat dasselbe. Bald hatten beide alle auffälligen Farben in ein eintöniges Grau verwandelt. Stolz betrachteten sie ihr Werk. Jetzt würde sie keiner mehr für Eindringlinge aus dem Lichtreich halten.

Besorgt fiel ihr Blick auf Weißkopf. Die Eule machte nicht die geringsten Anstalten, sich mit dem grauen Sand schmutzig zu machen. Sie war viel zu stolz auf ihr blütenweißes Federkleid, um auch nur ein Körnchen Schmutz darauf zu bringen.

Lars und Tim Pim Pa warfen sich einen verschwörerischen Blick zu, dann bückten sie sich wie auf Kommando, nahmen je zwei Handvoll grauen Sand und warfen ihn gleichzeitig auf die Eule. Die schlug wütend um sich. Eine riesige Staubwolke bildete sich um sie. Zu sehen war nichts mehr von ihr, dafür waren ihr Husten und ihre Flüche um so lauter zu hören. Als sich die Staubwolke verzogen hatte, war das schneeweiße Gefieder der Eule aschgrau verfärbt. Weißkopf spielte den Beleidigten, er sprach kein Wort und würdigte die beiden nicht eines Blickes.

Tim Pim Pa und Lars grinsten sich an. Jeder sah in den Augen des anderen ein Lächeln. Vielleicht konnten sie nach den anfänglichen Unstimmigkeiten doch noch Freunde werden.

Lars schaute durch den Spiegel auf die andere Seite des Spiegellandes. Immer mehr dunkle Wolken drangen von der Schattenseite auf die Lichtseite. »Wir müssen weiter. Die Zeit drängt«, sagte er zu seinen Begleitern. Er und Tim Pim Pa liefen schnell davon, während die Eule ihnen mürrisch folgte. Ärgerlich betrachtete Weißkopf sein graues Gefieder. Das würde er den beiden nie verzeihen.

Unterdessen saß der alte Zauberer des Lichts in seinem Turm. Besorgt sah er aus dem Fenster. Auch er bemerkte, daß sich immer mehr dunkle Wolken gebildet hatten. Die Magie der Wetterhexe hatte gewirkt. Der

Zauberer lief im Turmzimmer auf und ab. Sein altes Buch mit Wetterzaubersprüchen war ihm vor langer Zeit gestohlen worden. Damals hatte er Besuch von seiner Cousine Leopoldine Donnerblitz bekommen. So schnell und unerwartet sie erschienen war, so plötzlich war sie wiedr abgereist. Und mit ihr war auch das Buch mit Wetterzaubersprüchen verschwunden. Wenig später erfuhr der Zauberer, daß Leopoldine Donnerblitz jetzt als Wetterhexe tätig war. Er versuchte das Buch zurückzubekommen, allerdings ohne Erfolg. Die Wetterhexe konnte mit Hilfe seines Bruders über die Grenze ins Schattenreich entkommen. Dort lebte sie viele Jahre, ohne durch ihre Zauberei großen Schaden anzurichten. Bis zu dem Tag, an dem sie erneut mit dem bösen Zauberer der Schatten zusammentraf. Gemeinsam heckten sie einen Plan aus, wie sie das Lichtreich vernichten könnten. Anscheinend sollte es ihnen gelingen. Ohne sein Buch oder das Amulett konnte der Zauberer des Lichts die beiden nicht aufhalten. Aber irgendwo mußte er noch ein zweites Exemplar des Buches haben. Solange er dieses nicht gefunden hatte, war Lars seine einzige Rettung. »Komm, Luzi, du mußt mir beim Suchen helfen«, sagte der Zauberer zu seiner Schlange. Langsam stieg er die Treppe hinunter in den Keller, um dort in den verstaubten Kisten nach dem Buch zu suchen. Leise zischend folgte die Schlange.

Lars war mit seinen Begleitern inzwischen dem düsteren Wald ein ganzes Stück näher gekommen. Plötzlich hörte er eine leise Stimme. Er blieb stehen und lauschte. Da war sie wieder, die Stimme. Allerdings konnte Lars nicht verstehen, was sie ihm sagen wollte. Vorsichtig ging er in die Richtung, aus der die Stimme

kam. Jetzt hörte er sie wieder, diesmal etwas lauter. Und jetzt konnte er auch verstehen, was sie sagte. Es klang wie: »Hilf mir.«
»Ich will dir ja gern helfen, aber du mußt mir sagen, wo du bist«, antwortete Lars. Ärgerlich unterbrach ihn Tim Pim Pa: »Wir haben jetzt keine Zeit für ein Versteckspiel. Gehen wir weiter.«
»Nein«, entgegnete Lars heftig, »da ist irgend jemand, der unsere Hilfe braucht. Wir können nicht einfach weitergehen, sondern müssen versuchen zu helfen.« Mürrisch blieb Tim Pim Pa stehen. Wenn Lars sich etwas in den Kopf gesetzt hatte, konnte ihn nichts davon abbringen. Es blieb Tim Pim Pa und Weißkopf nichts anderes übrig, als bei der Suche mitzuhelfen. Sie kamen der zaghaften Stimme immer näher, aber es war nichts zu sehen.
»Schaut nach unten«, piepste es leise. Alle drei bückten sich und sahen ...

Ein lautes Klopfen an der Tür unterbrach Odin. Schon wieder eine Störung. Odins Frau öffnete. Liv Zetterling, eine junge Frau um die Dreißig, stand zitternd davor. Schnee lag auf ihren Schultern, und der Wind heulte laut. Odins Frau konnte nur mit großer Mühe die Tür zudrücken. Liv Zetterling schüttelte den Schnee von ihrem dicken Mantel, sah sich um und fragte: »Ist Eva nicht hier?« Alle sahen sich um. Nein, Eva war nicht hier. »Oh, mein Gott. Was soll ich nur tun«, schluchzte die junge Frau und brach in Tränen aus. Alle Anwesenden waren bestürzt. Odin erhob sich langsam aus seinem Sessel, ging auf die Frau zu und nahm sie tröstend in den Arm. Nachdem sie sich etwas beruhigt hatte, versuchte er den Grund für ihre Aufregung herauszufinden. Liv Zetter-

ling kämpfte mit den Tränen, während sie stockend erzählte: »Eva wollte heute abend unbedingt hierher gehen, um Odins Geschichten zu hören. Ich habe es ihr verboten, weil es in dem Schneesturm für ein so kleines Mädchen zu gefährlich ist, allein auf die Straße zu gehen. Ich habe Eva zu Bett gebracht. Nach einer halben Stunde habe ich nach ihr gesehen. Aber sie war nicht mehr in ihrem Bett. Im ganzen Haus war sie nicht. Auf einmal sah ich, daß ihr Fenster geöffnet war. Sie muß hinausgestiegen sein. Und da dachte ich, daß sie hierher gegangen ist. Aber hier ist sie nicht angekommen.« Erneut wurden Liv Zetterlings Augen feucht. Sie machte sich große Sorgen um ihre Tochter und fühlte sich schuldig an ihrem Verschwinden. Hätte sie ihr nur nicht verboten, zu Odin zu gehen. Hätte sie ihre Tochter doch zu Odin gebracht. Alle diese Vorwürfe waren umsonst. Es war nun einmal geschehen, und sie konnte nur noch hoffen, daß alles einen guten Ausgang haben würde.

Der alte Odin hielt ihre Hand und klopfte Liv ermutigend auf die Schulter. »Eva ist ein kluges Mädchen«, versuchte er sie zu beruhigen, »sie kann auf sich aufpassen. Ich glaube nicht, daß sie in Gefahr ist. Wenn sie wirklich in den Schneesturm geraten ist, kann sie unmöglich weit gekommen sein. Wir werden sie suchen.« Er warf allen Anwesenden einen Blick zu. Die Männer zogen sich ihre dicken Mäntel an und gingen hinaus in den Sturm. Odin und seine Frau blieben zurück. Sie waren zu alt, um an einer anstrengenden Suchaktion teilzunehmen. Auch die Frauen und Kinder blieben zurück. Schließlich mußte jemand bei Liv Zetterling bleiben. Die junge Frau zitterte am ganzen Körper und konnte gar nicht mehr aufhören zu weinen. »Es wird alles wieder gut«, sagte Odin mit seiner alten, tiefen Stimme.

Durch das ganze Dorf erschallten die Rufe der Suchenden: »Eva! Eva, wo bist du?« Die einzige Antwort, die sie erhielten, war das laute Pfeifen des Windes. Der Sturm wirbelte den Schnee in die Höhe, so daß man kaum die Hand vor Augen sehen konnte. Es war nahezu unmöglich, bei diesem Unwetter das Kind zu finden. Dennoch gaben die Suchenden nicht auf. Alle kannten Eva. Sie war das liebenswerteste Kind, das man sich vorstellen konnte. Sie hatte lange blonde Zöpfe, dicke Bäckchen, in denen sich beim Sprechen niedliche Grübchen bildeten, und große blaue Kulleraugen. Stellte sie einmal etwas an, konnte man ihr nicht böse sein, wenn sie ihre engelsgleiche Unschuldsmiene aufsetzte. Jeder im Dorf mochte Eva, und für alle war es ein unerträglicher Gedanke, daß ihr ein Unglück zugestoßen sein könnte. Aber sosehr sie sich bemühten, Eva war nicht aufzufinden.

Entmutigt kam einer nach dem anderen zu Odins Haus zurück.

Aufgeregt sah Liv Zetterling zur Tür. Sie hoffte, daß Eva jeden Moment hereinkommen und der Alptraum vorbei sein würde. Um so größer war die Enttäuschung, wenn wieder einer der Suchenden verlegen den Kopf schüttelte.

Nur zwei Männer waren noch draußen in dem wilden Schneegestöber. Die anderen wärmten sich an Odins Feuer und überlegten, was man tun konnte. Vielleicht war Eva zum nahen Wald gegangen. Dann konnte man nichts für sie tun. Bei diesem Unwetter war es Selbstmord, sich bis zum Wald vorzuwagen. Vielleicht hatte sie sich aber auch nur zu Hause versteckt, um ihren Eltern einen Schreck einzujagen. Immerhin hatte sie sich über ihre Mutter geärgert, weil sie nicht zu Odin gehen durfte. Da war es möglich, daß Eva ihren Eltern einen Streich spielen wollte, um sich auf diese Art und Weise zu rä-

chen. Beide Möglichkeiten waren aber eher unwahrscheinlich. Eva mußte irgendwo zwischen Odins Haus und dem Haus der Zetterlings sein. Sobald der Sturm nur ein wenig nachlassen würde, wollten sich die Männer noch einmal auf die Suche machen. Aber war es bis dahin nicht vielleicht schon zu spät?

Nach einiger Zeit klopfte es wieder an die Tür. Lars Gustafson stand zitternd davor. »Ich konnte sie nicht finden. Es tut mir leid«, sagte er leise.

Jetzt war nur noch ein Mann, Ingmar Jonson, im Schneesturm auf der Suche nach dem kleinen Mädchen. Obwohl Odin immer wieder beteuerte, daß alles gut werden würde, glaubte keiner mehr so recht daran. Auch er selbst glaubte tief in seinem Innersten nicht an seine Worte. Er hatte in seinem Leben schon viele Schneestürme gesehen und wußte, daß es nur in den wenigsten Fällen eine Rettung gab. Die Chance war sehr gering, aber sie war immerhin da. Und solange es noch eine Chance gibt, soll man den Kopf nicht hängenlassen. Das war Odins Meinung, die er allen Anwesenden verkündete. Gespannt warteten sie auf den Mann, der noch im Schneesturm nach Eva suchte. Sie warteten fast eine Viertelstunde ohne die geringste Botschaft von ihm. Alle machten sich große Sorgen. Hoffentlich war Ingmar Jonson nicht in den Wald gegangen. Viele befürchteten das Schlimmste. Doch plötzlich hörten sie an der Tür ein lautes Klopfen. Schnell öffnete Odins Frau, und vor ihr stand Ingmar Jonson. Er war völlig eingeschneit und hatte Eva auf seinen Armen. Ein Freudenruf ging durch die Reihen der Anwesenden. »Sie lebt«, sagte Ingmar Jonson.

Odin faltete die Hände und kniete nieder. »Den Göttern sei Dank«, murmelte er. Während Ingmar Jonson sich ans Feuer setzte, um seine steifgefrorenen Glieder zu wär-

men und ein Glas Grog zu trinken, nahm Liv Zetterling ihre Tochter in die Arme. Eva war noch bewußtlos, aber kurz darauf kam sie zu sich und ihre Wangen röteten sich wieder. Nach einer halben Stunde war sie zwar noch erschöpft, aber wieder das frohe, lebenslustige Kind wie eh und je.

Alle Anwesenden freuten sich über den guten Ausgang der Geschichte und waren begierig darauf zu hören, was passiert war.

Eva erzählte, sie sei wütend gewesen, weil sie zu Bett gehen mußte. Sie beschloß, durch das Fenster zu steigen und zu Odins Hütte zu gehen. Mutter würde bestimmt nichts merken. Unterwegs, der Sturm hatte gerade begonnen, sah sie eine kleine Katze, die ihr leid tat. Sie war so allein, und in dem Schneesturm konnte ihr etwas geschehen. Eva beschloß, die Katze mitzunehmen, aber die wollte sich nicht fangen lassen. Sie versteckte sich hinter einer Reihe von aufgeschichteten Holzstücken. Als Eva die Katze hinter dem Holzstoß hervorholen wollte, blieb sie hängen und der Stoß fiel um. Ein Teil des Holzes fiel so unglücklich auf Evas Bein, daß sie sich nicht allein aus ihrer mißlichen Lage befreien konnte. Sie rief um Hilfe, aber da keiner auf der Straße war, konnte sie niemand hören. Sie fror, Schnee fiel auf sie, und irgendwann wurde sie bewußtlos. An mehr konnte sich Eva nicht erinnern.

Ingmar Jonson berichtete, daß er wie alle anderen die Suche aufgeben wollte. Es schien hoffnungslos, Eva noch zu finden. Deshalb hatte er beschlossen, zu Odins Hütte zurückzukehren. Auf dem Rückweg sah er, wie eine kleine Katze an einem roten Schal, der auf dem Schnee lag, zerrte. Jonson fragte sich, wie der Schal dort hingekom-

men war. Er ging näher und entdeckte Eva. Jonson erzählte die Geschichte sehr bescheiden. Aber auch wenn er es nicht wollte, er wurde als Held des Tages gefeiert.
Nach einiger Zeit hatte sich die Aufregung gelegt. Dann sagte Odin: »So einen aufregenden Abend habe ich schon lange nicht mehr erlebt. Aber wir waren mit unserer Geschichte noch nicht zu Ende. Und die wird auch noch sehr aufregend, das kann ich euch versprechen.« Langsam ging er wieder zu seinem Sessel, um den sich die Zuhörer scharten. »Wenn es euch nichts ausmacht, fasse ich das bisher Geschehene noch einmal ganz kurz für unsere kleine Eva zusammen«, sagte er mit einem fast unmerklichen Zwinkern seines linken Auges. Eva hatte es bemerkt und zwinkerte zurück. »Ich erzähle die aufregende Geschichte des Jungen Lars Anderson. Lars wurde in einer Nacht von hinterhältigen Schneemännern in das Spiegelland entführt. Ein großer Spiegel teilt das Land in ein Licht- und ein Schattenreich. Auf jeder Seite ist alles gleich, nur im Schattenreich ist alles trostlos und die Bewohner sind böse. Der Herrscher des Schattenreiches, ein böser Zauberer, hat sich mit der Wetterhexe Leopldine Donnerblitz zusammengetan, um das Lichtreich zu vernichten. Gemeinsam wollen sie ein Unwetter herbeizaubern, das alle Pflanzen des Landes vernichten soll. Das will der Zauberer des Lichts verhindern, deshalb hat er Lars zu sich geholt. Er gibt ihm den Auftrag, ein Amulett des bösen Zauberers der Schatten zu stehlen. Nur mit dessen Hilfe kann das Unheil aufgehalten werden. Der kleine Riese Tim Pim Pa und die Eule Weißkopf stehen Lars bei.
Lars ist es gelungen, auf die andere Seite des Spiegels zu gelangen. Er ist auf dem Weg zum Schloß des bösen Zauberers und hört einen merkwürdigen Hilferuf.«

Odin sah sich um und fragte: »Da sind wir doch stehengeblieben?« Alle Anwesenden nickten. Odin holte noch einmal tief Luft und setzte seine Erzählung fort.

Hexerei

»Hilfe!« hörten Lars, Tim Pim Pa und Weißkopf ganz nah. Aber zu sehen war immer noch nichts. »Schaut endlich nach unten!« rief die Stimme gereizt. Anscheinend dauerte es ihr zu lang, bis sie entdeckt wurde. Alle drei gehorchten und sahen gleichzeitig eine kleine, vertrocknete Blume. Sie hatte ein Muster aus verschiedenen Grautönen und ein winzigkleines Gesichtchen. Die Blume sah sehr traurig aus, ja es schien, als würde sie Kullertränchen weinen.

»Warum bist du so traurig, kleine Blume?« fragte Lars.

»Sieh mich doch an«, fauchte die Blume wütend, »ich bin grau! Früher leuchtete ich in allen Regenbogenfarben, aber heute bin ich grau wie alle anderen Blumen hier. Ich war einmal die schönste von allen. Heute bin ich eine unter vielen. Ist das nicht Grund genug traurig zu sein?«

Lars, Tim Pim Pa und Weißkopf hatten Mitleid mit der Blume. Gern hätten sie ihr geholfen. Besonders Weißkopf hatte Verständnis für sie, hatte doch auch er seine weiße Farbe unfreiwillig in ein ödes Grau eintauschen müssen.

»Wie können wir dir helfen?« fragte Lars.

»Das ist sehr einfach«, antwortete die Pflanze. Lars glaubte, ein boshaftes Leuchten in ihren Augen zu erkennen. »Du mußt nur den Staub von meinen Blättern kratzen, dann kommt meine alte Farbe wieder zum Vorschein.«

Lars bückte sich, um den Staub abzuwischen. Da schoß die Pflanze blitzschnell vor und biß Lars mit messerscharfen Zähnchen in die Hand. Lars zuckte zusammen und riß die Hand weg. Einige Tropfen Blut fielen auf die Blume, deren Blätter sich rot färbten. Während Lars noch vor Entsetzen wie gelähmt war, stieß die

Blume ein grelles Lachen aus, das den dreien durch Mark und Bein ging.
»Warum hast du das getan?« fragte Lars wütend.
Die Blume antwortete lachend: »Weil ich meine alte Farbe wieder haben wollte, du Dummkopf. Was für eine herrliche Farbe! Rot, blutrot, Hahaha.«
Tim Pim Pa hatte gute Lust, die Pflanze aus dem Boden zu reißen oder zu zertreten, doch Lars hielt ihn zurück. »Lassen wir uns doch von diesem häßlichen Unkraut nicht reizen«, sagte er und ging fort. Die Blume hörte das und geriet außer sich vor Wut. Sie rief Lars und seinen Begleitern die wüstesten Beschimpfungen hinterher. Je wütender sie wurde, desto mehr lachte Lars. Er war durch diesen Vorfall gewarnt worden. Die Bewohner dieses Landes waren, wie der Zauberer gesagt hatte, hinterhältig, und man mußte sich vor ihnen in acht nehmen.

Während die drei weitergingen, glaubten sie immer wieder ein leises Kichern zu hören. Doch sobald sie sich umdrehten, verstummte es, und nichts war zu sehen.
»Da macht sich irgendeiner über uns lustig«, flüsterte Tim Pim Pa Lars ins Ohr. Als er das Kichern wieder hörte, drehte er sich blitzschnell um und konnte gerade noch sehen, wie eine graue Pflanze lachte.
Erst jetzt erkannten sie, daß alle Blumen auf der Wiese lebten. Kaum hatten sie das festgestellt, da schnappten auch schon die ersten Pflanzen nach ihren Füßen. Jede wollte so schön rot sein wie die hinterhältige Blume, die Lars ausgetrickst hatte.
Tim Pim Pa und Lars rannten so schnell sie konnten zu dem nahen Wald. Es war für sie nicht leicht, die Blu-

men abzuschütteln. Endlich am Wald angekommen, betrachteten sie ihre Beine. Die waren völlig verkratzt. Die Blumen hatten gute Arbeit geleistet. Tim Pim Pa war wütend. »Dieses verdammte Unkraut sollte ausgerottet werden«, rief er.
»Wir können froh sein, noch einmal so glimpflich davongekommen zu sein«, meinte Lars.
Weißkopf lächelte schadenfroh. Er hatte keine Bisse abbekommen, weil er über die Blumen hinwegfliegen konnte. Lars und Tim Pim Pa hatten ihn mit Staub beworfen. Jetzt hatten sie, seiner Meinung nach, ihre gerechte Strafe bekommen. Trotzdem hatte er nicht vor, wieder mit ihnen zu sprechen. Er wollte sie auch weiterhin spüren lassen, daß er ihnen so schnell nicht verzeihen würde.

Der Wald sah nicht gerade einladend aus. Auch er war, wie offenbar alles in diesem Land, grau. Die Bäume hatten merkwürdige Rinden, wie mit Augen, die einen boshaft anstarrten. Der Wald wurde immer dichter.
Ein leises Rauschen ging durch die Blätter, das wie ein undeutlicher Gesang, aus vielen hohen Stimmen klang. Merkwürdig war allerdings, daß nicht das geringste Lüftchen wehte. Das Rauschen wurde lauter.
Tim Pim Pa und Lars schauten sich beunruhigt an. Sogar Weißkopf, der sich sonst nicht leicht aus der Ruhe bringen ließ, hatte Angst. Er konnte im Dunkeln besser sehen als die anderen und flog deshalb voraus, um sie zu warnen, falls Gefahr im Anzug war.
Weißkopf meinte, die Bäume würden sich bewegen, und sie drei würden von ihnen beobachtet. Aber das konnte nicht sein. Bäume waren keine Menschen. Sie hatten keine Augen, und nur der Wind konnte ihre Äste

bewegen. Noch während Weißkopf dies dachte, traf ihn ein Ast am Kopf. Die Eule wurde zurückgeschleudert, schlug hart am Boden auf und schüttelte benommen den Kopf. »Was war das?« stammelte sie. »Wo kam dieser Ast her? Ich habe keinen vor mir gesehen. Irgend etwas Merkwürdiges geht hier vor. Beeilen wir uns, aus dem Wald herauszukommen.« Da merkte sie, daß sie ihren Vorsatz, nicht mehr zu sprechen, untreu geworden war, und ärgerte sich darüber.

Als die drei weitergehen wollten, ließ sie eine tiefe, donnernde Stimme erstarren: »Bleibt stehen, Eindringlinge! Was wollt ihr hier im Wald der tausend Stimmen?«

»Wir wollen zum Schloß des weisen Schattenzauberers«, antwortete Weißkopf scheinheilig.

»Seid ihr Freunde des Zauberers?« fragte die tiefe Stimme weiter. Sie wirkte sanfter, nicht mehr so drohend wie zuvor.

Die Eule zwinkerte Lars zu. Sie war stolz auf sich, daß sie die gefährliche Situation so schnell in den Griff bekommen hatte. »Ja, wir kennen den Zauberer schon seit vielen Jahren. Wir sind sehr gute Freunde von ihm, vielleicht die besten.« Weißkopf trug ziemlich dick auf.

»Freut mich, das zu hören«, sagte die Stimme, »dann wißt ihr sicher auch, wer ich bin.«

»Der große Zauberer hat nie von dir gesprochen. Zumindest können wir uns nicht daran erinnern«, antwortete Weißkopf.

»Na, dann werde ich euch aufklären«, sagte die tiefe Stimme zunächst noch freundlich, um im nächsten Moment zu brüllen: »Ich bin Graf Tarantella, der Herrscher über den Wald der tausend Stimmen!« Dabei schoß ein grelles Licht vor den dreien auf den Boden.

Erschrocken und geblendet zuckten sie zurück. Als sie ihre Augen wieder öffneten, sahen sie einen riesigen Baum mit langer Nase, großen Augen und Mund sowie gewaltigen Armen. Dieser Baum war Graf Tarantella, wie sie unschwer erkannten, als er weitersprach: »Euer wunderbarer Zauberer, dieser miese Schuft, hat mich, den großen Grafen Tarantella, in einen häßlichen Baum verwandelt«, schnaubte der Baum voll Verbitterung. »Und ihr nennt euch Freunde dieses gemeinen Halunken?« Bei diesen Worten schoß der eine Ast, der dem Grafen als Arm diente, nach vorn, packte Weißkopf und schüttelte ihn. Der Ärmste bekam fast keine Luft mehr.

»Nun ja, so gute Freunde sind wir auch wieder nicht«, stammelte Weißkopf, der sich nun bemühen mußte, aus dieser unangenehmen Situation zu entkommen. »Eigentlich sind wir gar nicht seine Freunde. Wir haben den Zauberer nur einmal gesehen ... aus der Ferne gesehen. Ich gebe zu, daß ich nur angeben wollte. Der Zauberer kennt uns gar nicht. Das ist die volle Wahrheit.«

»Mich kannst du nicht so leicht täuschen, du lächerlicher Vogel!« brüllte Graf Tarantella.

Weißkopf war plötzlich gar nicht mehr so stolz und selbstbewußt, sondern ganz leise und zurückhaltend.

Während sich der zornige Baum mit der Eule beschäftigte, hatten Lars und Tim Pim Pa die Gelegenheit, sich umzusehen. Aber es gab keinen Fluchtweg. Dort, wo gerade noch Wege waren, versperrten jetzt dicke Äste selbst den kleinsten Pfad.

»Was hast du mit uns vor, Tarantella?« fragte Tim Pim Pa.

»Graf Tarantella! Soviel Zeit muß sein«, erwiderte der Baum. »Dieser graue Vogel hier ist meine Geisel. Ihr beide werdet zum Zauberer gehen und ihm sagen, daß ich ihn nicht freilasse, bevor er mich zurückverwandelt.«

»Und wenn wir uns weigern?« fragte Tim Pim Pa.

»Dann werdet ihr diesen Wald nie wieder verlassen«, sagte der Baum. Sein häßliches Gesicht verzog sich zu einer grinsenden Fratze.

Lars sah Tim Pim Pa ratlos an. Es blieb ihnen nichts anderes übrig, als auf die Forderung des verzauberten Grafen einzugehen.

»Gib mir den Beutel des Zauberers«, flüsterte Tim Pim Pa. Unauffällig gab Lars dem kleinen Riesen seinen Beutel. Der zog das dünne Holzstäbchen heraus und ging langsam auf den großen Baum zu. »Du meinst, wir werden den Wald nicht verlassen. Ich glaube, da irrst du dich«, sagte er und entzündete an der Rinde des Baumes das Holzstäbchen, das nichts anderes als ein eigenartiges langes Streichholz war.

Der Baum ließ die Eule vor Schreck los, die sofort außer Reichweite der Äste flog. »Mach das Feuer aus!« befahl Tarantella.

»Nur, wenn du uns gehen läßt«, forderte Tim Pim Pa, »du hast keine große Wahl. Entweder, du läßt uns gehen und überlebst, oder du läßt uns nicht gehen, dann wird der ganze Wald brennen, und du brennst als erster.« Tim Pim Pa machte Anstalten, das Streichholz in das trockene Laub unter dem Baum zu werfen.

»Nein, hört auf. Ich lasse euch gehen«, rief der verzauberte Graf in Panik. Die Äste, die ihnen zuvor den Weg versperrt hatten, wichen zurück.

»Herzlichen Dank«, sagte Tim Pim Pa ironisch, »kommt, wir gehen.« Das ließen sich Lars und Weißkopf nicht zweimal sagen. Sie waren froh, diesen unheimlichen

Ort endlich verlassen zu können. Der verzauberte Graf war außer sich vor Wut. »Laßt euch hier nie wieder blicken. Ein zweites Mal kommt ihr hier nicht mehr lebend heraus.«

Die drei liefen so schnell sie konnten, hörten hinter jedem Baum drohende Stimmen und hatten den Eindruck, als ob ihnen die Bäume noch einmal den Weg versperren wollten. Sie atmeten hörbar auf, als sie an einer Lichtung ankamen, in deren Mitte ein kleines, kreisrundes Haus stand. Lars, Tim Pim Pa und Weißkopf hatten nach dem schrecklichen Erlebnis im Wald Hunger und Durst. Sie hofften, daß das Haus bewohnt war und sie dort eine kleine Stärkung bekommen würden.

Sie klopften an die Tür, die wie das ganze Haus kreisrund war. Bald darauf wurde ihnen geöffnet. Eine wunderschöne Frau lächelte sie freundlich an. Sie hatte lange schwarze Haare, eine schlanke Figur und ein schmales Gesicht mit schneeweißem Teint. Am auffallendsten waren ihre Augen. Sie waren nicht, wie es in diesem grauen Land zu erwarten war, grau, sondern grün. Es war, als ginge ein magischer Bann von dieser Frau aus.

Lars, Tim Pim Pa und sogar der mürrische Weißkopf waren von ihr von der ersten Sekunde an begeistert.

Auch ihre Stimme, die sehr hoch, aber angenehm war, hatte etwas Außergewöhnliches an sich. »Was kann ich für euch tun?« fragte sie mit einem sanften Lächeln.

»Wir wollen zum Schloß des großen Zauberers, um ihm Geschenke von unserem Herrn zu überbringen« log Tim Pim Pa. Schließlich wußte er nicht, wer sie war und ob sie wirklich so freundlich war, wie es den Anschein hatte. »Auf dem Weg zum Zauberer haben wir uns im Wald verlaufen. Lange irrten wir umher, bis wir diese Lichtung und das Haus sahen. Wir sind sehr hungrig und durstig und bitten deshalb um eine kleine Stärkung. Dann gehen wir gleich wieder weiter.«

»Kommt herein«, forderte sie die schöne Frau auf. Das ließen sie sich nicht zweimal sagen und sie betraten schnell das Haus.

Neugierig sah sich Lars um. Das Haus stand in völligem Gegensatz zu der heiteren, freundlichen Dame. Es war kalt, dunkel und wirkte bedrohlich. An allen Wänden hingen Spiegel. Runde, eckige, ovale, Spiegel mit breiten Rahmen, Spiegel in den verschiedensten Farben, verzerrende, große und kleine Spiegel. Eine lange Treppe führte in den ersten Stock.

Während Tim Pim Pa, Lars und Weißkopf die Treppe hinaufstiegen, hatten sie den Eindruck, beobachtet zu werden. Immer wieder sahen sie sich um. Doch sie erblickten nur Spiegel. Und darin sich selbst. Je weiter sie die Treppe hinaufgingen, desto kälter wurde es. Ein eisiger Schauer lief allen dreien über den Rücken.

Die schöne Frau, von der sie immer noch nicht wußten, wer sie war, spürte offenbar die Kälte nicht, denn sie stieg, ohne auch nur ein bißchen zu frösteln, Stufe für Stufe nach oben. »Macht es euch hier bequem. Ich komme gleich wieder zurück«, forderte sie ihre Gäste freundlich auf und öffnete die Tür zu einem Zimmer.

Lars, Tim Pim Pa und Weißkopf traten in einen hellen, traumhaft schön eingerichteten Raum. Gemütliche Wärme kam ihnen entgegen.

»Ein Schaukelstuhl!« rief Lars begeistert und setzte sich sofort hinein. Tim Pim Pa, der vom langen Marsch durch den Wald sehr müde war, ließ sich auf ein wei-

ches Sofa fallen, während Weißkopf sich auf einer goldenen Stange, die wie für ihn geschaffen schien, niederließ. Zum erstenmal seit langem hatte er seine mürrische Laune verloren, ja, er pfiff sogar ein Liedchen. Er hatte beschlossen, Lars und Tim Pim Pa nicht mehr böse zu sein. Im Grunde genommen war es richtig, was sie getan hatten. Mit seinen strahlendweißen Federn wäre er im Schattenreich ständig aufgefallen. Den Schmutz konnte er sich wieder abwaschen, wenn er zu Hause war.
In diesem Raum, der vollgestopft war mit alten Möbeln und vielen Kleinigkeiten, fühlte man sich sofort wohl. »Hier würde ich gern länger bleiben«, sagte Lars, und die anderen stimmten ihm sofort zu.

Es dauerte einige Zeit, bis die Dame wieder zurückkam. Sie hatte ein großes Tablett in den Händen, auf dem sich die köstlichsten Speisen und Getränke befanden. »Greift zu. Ich hoffe, es schmeckt euch«, forderte die schöne Frau ihre Gäste auf.
Gierig stürzten sich die drei auf die wunderbar duftenden Speisen. Herrlich prickelnde Zitronenlimonade, ein heißer Punsch, der nach Zimt und anderen Gewürzen duftete, und nicht zuletzt einen köstlichen Himbeersaft hatte die Dame gebracht. Dazu gab es Pfannkuchen in allen Variationen. Lars schmeckten die Heidelbeerpfannkuchen besonders gut, während Tim Pim Pa von dem Apfeleintopf gar nicht genug bekommen konnte. Für Weißkopf hatte die Hausherrin eine Früchtesuppe zubereitet, die dieser immer noch leise vor sich hinsummend Schluck für Schluck genoß.
Die Dame sah ihnen lächelnd zu und freute sich, daß es ihnen schmeckte. Als sie satt waren, legten sie sich

müde zurück. »Vielen Dank, so gute Sachen habe ich schon lange nicht mehr gegessen«, sagte Lars. »Aber jetzt muß ich Sie etwas fragen. Wie heißen Sie überhaupt, und warum wohnen Sie ganz allein in diesem gefährlichen Wald?«

Langsam stand die Frau auf. Ihre grünen Augen funkelten, als sie antwortete: »Wenn ihr den Zauberer kennt, dann wird auch mein Name euch etwas sagen. Ich bin Leopoldine Donnerblitz, von Beruf Wetterhexe. Aber ich verstehe mich auch auf andere Zauberkunststücke, wie ihr gleich merken werdet.«

Entsetzt sahen sich die drei an. Sie wollten aufspringen und so schnell wie möglich das Haus verlassen, aber sie kamen nicht mehr aus den Sesseln. Ihre Körper waren schwer wie Blei. Sie versuchten, etwas zu sagen, aber auch das gelang nicht mehr. Ihre Zungen konnten sich nicht mehr bewegen. Das letzte, was sie hörten, war das Lachen der Wetterhexe und die Worte: »Schöne Träume.« Dann fielen ihnen die Augen zu und sie versanken in tiefen Schlaf.

Als die drei wieder erwachten, befanden sie sich in einem stockfinsteren Raum. Sie wußten weder, wo sie waren, noch wie lange sie geschlafen hatten. Mit Entsetzen mußten sie feststellen, daß sie an eine Bank gefesselt waren. Sosehr sie auch an den Stricken zerrten, es schien aussichtslos, sich zu befreien. Nicht der geringste Lichtstrahl fiel in das Verlies. Lars, Tim Pim Pa und sogar der sonst furchtlose Weißkopf bekamen Angst. Was hatte die Hexe mit ihnen vor? Von Leopoldine Donnerblitz war nichts Gutes zu erwarten, soviel stand fest. Sie war als hinterhältig und boshaft gefürchtet.

Lars dachte an das Säckchen mit den verzauberten Gegenständen, das ihm der Zauberer des Lichts mitgegeben hatte. Er hatte es unter seinem Hemd verborgen. Die Hexe hatte es nicht bemerkt. Aber was nutzte es ihm? Seine Hände waren gebunden und er konnte nicht an den Beutel heran.

Im Verlies war es totenstill. Ab und zu konnte man einen leisen Flügelschlag hören. »Fledermäuse«, stellte Weißkopf trocken fest. Er hatte keine Angst, Tim Pim Pa und Lars dafür um so mehr. Sie hatten so viel Schlechtes über Fledermäuse gehört und hatten keine Ahnung, daß alles nur erfunden war. In Wirklichkeit waren Fledermäuse liebe Tiere, die nur empfindliche Augen hatten und deshalb das Tageslicht scheuten. Niemals hätten sie einen Menschen gebissen oder ihm etwas Böses angetan.

Lars spürte plötzlich eine leichte Brise. Dann merkte er, wie sich etwas auf seiner Schulter niederließ und sich mit schnellen Schrittchen seinem Ohr näherte. Der Angstschweiß trat Lars auf die Stirn.

Wenn das nun eine Fledermaus war, die ihn beißen wollte dachte er.

Tatsächlich, es war eine kleine Fledermaus mit dem Namen Flatterflügel. Sie hatte beobachtet, wie die Hexe ihre drei Gefangenen in das Verlies gebracht hatte. Schon lange wollte Flatterflügel der Wetterhexe einen Streich spielen, denn diese war dafür verantwortlich, daß sich einer seiner Flügel grün verfärbt hatte. Er hatte sich vor Monaten aus Versehen in ein Pulver gesetzt, das Leopoldine Donnerblitz ausgestreut hatte. Dieses Pulver hatte dann den Flügel verfärbt und Flatterflügel zum Gespött aller Fledermäuse gemacht. Lange hatte sich die Fledermaus darüber geärgert und sich über-

legt, wie sie der Hexe diese Gemeinheit heimzahlen konnte. Jetzt hatte er die Gelegenheit dazu. Er konnte die drei Gefangenen befreien. Das war es, was Flatterflügel vorhatte und warum er sich auf Lars Schulter gesetzt hatte.
Lars zitterte. Er hatte Angst, daß ihm etwas geschehen könnte. Woher sollte er wissen, daß ihm die Fledermaus helfen wollte? Flatterflügel flüsterte Lars etwas ins Ohr, das er allerdings nicht verstehen konnte. Er hatte die Fledermaussprache nie gelernt. Deshalb hörte er nur ein leises Zischen, das ihn noch mehr beunruhigte. Lars fühlte, wie die Fledermaus langsam seinen Rücken hinunterglitt und sich auf seinen Händen niederließ. Er spürte ihre Zähne an seinen Händen. Jeden Moment würde sie zubeißen, dessen war er sich sicher. Er schloß die Augen und wartete. Aber es geschah nichts. Statt des erwarteten Bisses lösten sich plötzlich die Fesseln. Lars war frei! Er drehte sich um, weil er der kleinen Fledermaus danken wollte. Aber die hatte sich längst wieder aus dem Staub gemacht. Glücklich flog Flatterflügel zurück zu seinen Verwandten, um ihnen die Geschichte zu erzählen. Gern hätte er das Gesicht der Hexe gesehen, wenn sie die Tür zu dem leeren Verlies öffnete. Flatterflügel konnte es sich jedoch gut vorstellen und lachte auf dem Rückflug laut vor sich hin.

Lars verlor keine Zeit und löste die Fesseln seiner Freunde. Es war stockfinster in dem Raum. Lars griff in den Zauberbeutel und nahm die Murmeln heraus. Er wußte nicht warum, aber er hatte das Gefühl, daß sie ihnen helfen würden. Und tatsächlich begannen die Murmeln in der Dunkelheit zu leuchten. Sie erhellten den Raum stark genug, so daß Lars die Verliestür sehen konnte. Alle drei gingen zu der Tür, obwohl sie annehmen mußten, daß sie geschlossen war. Doch wie durch ein Wunder war sie unverschlossen. Das Schicksal und das Glück standen auf der Seite der drei Gefangenen. Schnell liefen sie die Treppen hinauf, bis sie zu einer alten Holztür gelangten, die abgeschlossen war. »Kein Problem«, meinte Tim Pim Pa beim Anblick der morschen Tür. Er rannte einmal mit aller Kraft dagegen. Die Tür fiel aus den Angeln und Tim Pim Pa auf die Lichtung vor dem Haus. »Schnell weg hier«, rief er seinen Freunden zu, die ihm nachliefen. Als sie wieder den Wald erreicht hatten, waren sie zunächst einmal in Sicherheit. Es fragte sich nur, wie lange.

Der Drache Aschenschlund

Nach kurzer Zeit hatten sie den Wald hinter sich gelassen. Vor ihnen erstreckte sich ein gewaltiges Gebirge, an dessen Ausläufern sie vorbeimarschieren mußten, um zum Schloß des Zauberers zu gelangen.
»Das ist das Schattengebirge«, erklärte Weißkopf seinen Freunden. Ja, er und seine Begleiter waren tatsächlich Freunde geworden. Es war viel besser, sich zu vertragen, wenn man ohnehin zusammensein mußte. Die ständigen Streitereien waren zermürbend und behinderten den Erfolg ihrer Mission. »Dort oben, auf dem höchsten Gipfel des Gebirges, lebt der böse Schattendrache Aschenschlund«, erzählte Weißkopf weiter. »Früher einmal konnte der Drache Feuer speien. Heute kommt statt Feuer nur noch Asche aus seinem gewaltigen Maul. Aber das macht ihn nicht minder gefährlich. Er hat Hunderten von Reisenden im Gebirge aufgelauert und sie getötet. Wir müssen sehr vorsichtig sein, damit er uns nicht entdeckt. Aschenschlund ist schon sehr alt. Seine Augen haben in letzter Zeit angeblich nachgelassen, dafür ist sein Geruchssinn immer noch so gut ausgeprägt wie früher. Er riecht es kilometerweit, wenn Fremde in sein Reich, sein Schattengebirge, eindringen.
Lars, du mußt in deinen Beutel sehen. Bestimmt hat dir der Zauberer etwas mitgegeben, womit wir den Geruchssinn des Drachen täuschen können.«
Lars tat, was ihm Weißkopf geraten hatte, und wurde fündig. Ungläubig hielt er drei Ketten, die aus Knoblauchzehen bestanden, in die Luft.
»Ja, das ist das Richtige«, sagte Weißkopf.
»Ich dachte immer, Knoblauch hilft nur gegen Vampire«, meinte Lars etwas verwirrt.
»Das stimmt, aber auch Drachen haben eine Abneigung

gegen Knoblauch. Mit dieser Kette um den Hals wird er dich bestimmt nicht riechen«, erklärte Weißkopf.
Alle drei legten die Ketten um den Hals und gingen weiter. Unterwegs sagte Weißkopf zu Lars: »Jetzt kann ich dir erklären, warum du diese Reise mitmachen mußt. Eine alte Legende berichtet, daß nur ein Kind Aschenschlund bezwingen kann. In unserem Land aber gibt es keine Kinder. Der Zauberer hat lange gesucht und dich gefunden. Warum ausgerechnet dich, weiß ich allerdings auch nicht.«
Lars freute sich. Ein Traum würde für ihn in Erfüllung gehen. Endlich sollte er einen richtigen, lebenden Drachen sehen. Vielleicht würde er sogar in die Sagenwelt eingehen als Lars, der »Drachentöter«. Daß er den alten Drachen besiegen würde, stand für Lars außer Frage.

Der Zauberer des Lichts saß in seinem Turm und beobachtete, wie Wolken aufzogen. Sein Land, das sonst im Sonnenglanz leuchtete, wurde immer düsterer. Es würde nicht mehr lange dauern, bis die Wolken das ganze Land bedeckten, dachte er. Die Strahlen der Sonne waren nicht stark genug, um die Wolkendecke aufzulösen. Der Zauber der Wetterhexe und des Schattenzauberers war zu mächtig. Verzweifelt sah der Lichtzauberer auf die Kisten und Schachteln, die er erfolglos durchsucht hatte. Er gab die Hoffnung auf, das Buch mit den Wetterzaubersprüchen doch noch zu finden. Die letzte Rettung waren Lars und seine Begleiter. Sie als einzige konnten den Untergang des Lichtreichs möglicherweise noch abwenden.

Lars und seine Freunde waren schon ein ganzes Stück in das Schattengebirge eingedrungen. Der Knoblauch

hätte seine Wirkung nicht verfehlt, wenn der böse Drache Aschenschlund nicht zufällig aus seinem Mittagsschlaf erwacht wäre. Durch einen kräftigen Windstoß nämlich brach der morsche Ast eines Baumes, unter dem der Drache schlief, ab und fiel dem Drachen direkt auf den Kopf. Der sah den Baum ärgerlich an, holte mit seinem Schwanz aus und versetzte dem Stamm einen gewaltigen Schlag. Mit lautem Getöse fiel der Baum um.
Aschenschlunds Körper war mit einem dicken, dunkelgrauen Schuppenpanzer bedeckt. Seine Augen waren giftgrün, was ihn besonders bedrohlich erscheinen ließ. Da er jetzt schon einmal wach war, wollte Aschenschlund einen kleinen Spaziergang unternehmen. Ab und zu mußte er in seinem Reich nach dem Rechten sehen. Gemütlich schlenderte er durch das Schattengebirge und spie von Zeit zu Zeit Asche aus, wenn er der Meinung war, daß die Landschaft nicht grau genug war. Plötzlich sah er von einem Berggipfel aus tief im Tal einige Leute auf einem Weg laufen. Es wird sich doch keiner in mein Reich wagen, dachte der Drache erstaunt, wollte aber trotzdem nachsehen. Gern hätte er wieder einmal einen Wanderer verspeist. Schon viel zu lange hatte sich keiner in sein Gebiet getraut. Vielleicht bot sich ihm jetzt endlich eine Gelegenheit. Aschenschlund wartete einige Zeit. Die Eindringlinge sollten sich noch weiter in das Schattengebirge hineinwagen, dann hatten sie keine Chance mehr, ihm zu entkommen.

Lars und seine Freunde ahnten nicht, daß der Drache sie beobachtete. Sie liefen zwar so schnell wie möglich über den steinigen Weg, weil es ihnen unheimlich war, aber sie fühlten sich andererseits auch sicher. Der Dra-

che schlief normalerweise tagsüber. Riechen konnte er sie nicht, weil sie den Knoblauch umhängen hatten. Was sollte da passieren?
Um so überraschter waren die drei, als sie in den Bergen, nicht weit von ihnen entfernt, eine große Qualmwolke aufsteigen sahen. »Aschenschlund der Drache!« riefen Weißkopf und Tim Pim Pa wie aus einem Mund. Vor Entsetzen waren sie einen Moment wie versteinert. Tim Pim Pa bekam als erster die Lage wieder in den Griff. »Wir müssen uns schnell ein Versteck suchen, bevor er da ist«, sagte er und lief zu einem Baum, der ganz in der Nähe stand und innen hohl war. Viel Platz gab es darin nicht, aber er reichte gerade für die drei Freunde. Jetzt hieß es abwarten.
Die Drachenpranken stampften heran. Vor dem Baum blieb Aschenschlund stehen, schnaufte und sah in alle Richtungen. Er hatte die Spur der Eindringlinge verloren. Aschenschlund wartete einige Zeit und setzte sich dann in Bewegung.
In diesem Moment mußte Tim Pim Pa, der schon die ganze Zeit von Weißkopfs Federn gekitzelt worden war, niesen. Blitzartig fuhr Aschenschlund herum, starrte den Baum an, holte mit seinem Schwanz aus und schlug damit gegen den Stamm. Der konnte diesem Schlag nicht standhalten und fiel zu Boden.
Lars, Tim Pim Pa und Weißkopf standen ohne Deckung im Freien, direkt vor dem Drachen. Aschenschlunds Maul verzog sich zu einem furchterregenden Grinsen, während die drei Freunde es nicht wagten, sich zu bewegen. »Ihr seid jetzt in meiner Gewalt, und ich habe etwas ganz Besonderes mit euch vor«, zischte der Drache. »Endlich kann ich das neue Gulaschrezept meines Onkels Feuerzunge ausprobieren. Es ist alles schon vorbe-

reitet. Alle Zutaten sind vorhanden. Nur das Fleisch hat noch gefehlt.« Er brach in lautes Gelächter aus.
Lars und seinen Freunden standen die Haare zu Berge. Aschenschlund hatte tatsächlich vor, sie zu verspeisen. Noch dazu als Gulasch. Eine furchtbare Vorstellung! Bevor sie dem Drachen irgend etwas antworten konnten, schnappte dieser sie mit seinem Schwanz und trug sie davon. Sie waren so fest umklammert, daß ihnen fast die Luft wegblieb. Als sie der Drache endlich wieder losließ, brauchten sie erst einmal einen Moment, um wieder richtig atmen zu können.
Lars sah sich um. Sie befanden sich in einer großen Höhle mit einer Feuerstelle in der Mitte. Über dem Feuer hing ein unglaublich großer Kessel, in dem eine Flüssigkeit kochte. Obwohl Lars um sein Leben fürchtete, lächelte er. Seine Freunde in Norwegen würden ihm nie glauben, daß ein Drache kochen kann, dachte er. Auf einmal spürte er an seiner Brust den Beutel des Zauberers. Vielleicht war da noch etwas drin, was sie retten konnte, überlegte er. Er lehnte sich entspannt zurück und wartete.

Der Drache war damit beschäftigt, alle möglichen Kräuter zusammenzusuchen und in den Kessel zu werfen. Er freute sich wie ein Kind, als rote, grüne und gelbe Rauchwolken aus dem Kessel quollen und bestialisch stanken. »Ha, ha, das wird ein Fest«, frohlockte er, aufgeregt um den Kessel hüpfend. Dann holte er seine wichtigsten Zutaten, das heißt seine Gefangenen, um das köstliche Gericht zu vollenden. »Habt ihr noch einen letzten Wunsch?« fragte Aschenschlund mit hämischem Grinsen.
»Jawohl, du Scheusal«, antwortete Lars mit fester Stimme. Damit hatte der Drache nicht gerechnet. Er

starrte den Jungen verwirrt an, während der weiterredete: »Überall wird behauptet, daß du mutig und edel bist. In Wirklichkeit bist du feige und hinterhältig. Du hast uns gefangen, ohne uns die Möglichkeit zu geben, um unser Leben zu kämpfen. Ein wahrhaft ritterlicher Drache würde so etwas nicht tun. Er würde uns um unser Leben kämpfen lassen. Das ist es, worum ich dich bitte.«

Aschenschlund lachte. »Du willst mit mir kämpfen?« fragte er ungläubig.

»Jawohl, das will ich«, antwortete Lars festentschlossen. Weißkopf und Tim Pim Pa sahen sich fragend an. Hatte Lars etwa den Verstand verloren? Wie sollte er, ein kleiner, schwacher Junge, den gefürchteten Drachen, der schon viele getötet hatte, besiegen?

Aschenschlund dachte das gleiche. Aber er wollte sich einen Spaß machen und sagte deshalb in gnädig, herablassendem Ton: »Nun gut, ich erfülle dir deinen Wunsch. Du darfst dir sogar eine Waffe auswählen.«

Ohne ein Wort zu sagen, griff Lars in seinen Beutel und holte die Steinschleuder mit zwei türkisfarbenen Steinen heraus. Der Drache hatte erwartet, daß er mit einem Schwert oder einer Lanze kämpfen würde, wie bereits viele Ritter vor ihm. Beim Anblick der winzigen Steinschleuder brach der Drache in schallendes Gelächter aus. Weißkopf und Tim Pim Pa sahen sich erneut an. Für sie war jetzt endgültig klar, daß Lars den Verstand verloren hatte. Dennoch wünschten sie ihm viel Glück.

»Bist du bereit, Aschenschlund?« rief Lars kämpferisch.

»Sprich noch ein letztes Gebet, bevor es mit dir zu Ende ist«, höhnte der Drache.

Lars hob langsam die Steinschleuder, zielte auf den Kopf des Drachen und schoß die erste türkisfarbene Kugel ab. Er traf den Drachen genau zwischen den Augen.
Aschenschlund lachte. Er bekam von der Kugel nicht einmal einen Kratzer ab. »War das etwa alles?« fragte er. »Jetzt wirst du meine Waffe erleben!« Er holte tief Luft, um eine seiner gefürchteten Aschenwolken auszustoßen. Doch statt der Asche kam nur ein heiseres Husten aus seiner Kehle. »Was hast du mit mir gemacht, du kleiner Teufel? Warum kann ich keine Asche mehr spucken?« fauchte er. Wütend ging er auf Lars zu und hob seinen gewaltigen Schwanz, um ihn damit zu erschlagen. Gerade als der Schwanz mit voller Kraft auf Lars herabzufallen drohte, traf die zweite Kugel den Drachen. Der hielt mitten in der Bewegung inne und stand wie versteinert da. Sosehr er sich auch bemühte, er konnte sich nicht mehr bewegen. Sogar die Sprache hatte es ihm verschlagen.
»Man soll seinen Gegner nie unterschätzen«, sagte Lars. »Merk dir das für die Zukunft.« Er winkte Aschenschlund zu und verließ mit seinen staunenden Freunden die Drachenhöhle.
»Woher wußtest du, daß die Kugeln den Drachen verzaubern können?« fragte Weißkopf.
»Ich wußte es nicht«, gestand Lars verlegen. »Sicher kennt ihr die Geschichte von David und Goliath. Ich dachte mir, wenn der kleine David einen Riesen mit einer Steinschleuder besiegen konnte, gelingt mir das vielleicht mit dem Drachen. Ich hatte sehr viel Glück.«
Aschenschlund versuchte noch einmal, dem Jungen etwas nachzubrüllen. Aber statt seines sonst so gefürchteten ohrenbetäubenden Gebrülls drang nur ein leises

Zischen aus seinem gewaltigen Rachen. Der Drache war fassungslos. Wer würde jetzt noch vor ihm Angst haben? Wenn sich herumsprach, was geschehen war, war er nicht mehr der Herr des Schattengebirges, sondern eine Witzfigur, über die sich alle lustig machen würden. Aschenschlund weinte. Ja, der gewaltige Drache, der niemals eine Schwäche gezeigt hatte, weinte. Dicke Tränen kullerten seine Wangen herunter und fielen als kleine Steine zu Boden.
Als Lars sich noch einmal umdrehte, war der Eingang zur Drachenhöhle schon zur Hälfte mit Steinen bedeckt. Lars hatte Mitleid mit Aschenschlund, aber der hatte es ja nicht besser verdient. Schließlich hatte er unzählige Reisende überfallen und ohne mit der Wimper zu zucken verspeist.
Lars und seine Freunde setzten ihren Weg fort und versuchten den Drachen zu vergessen. Von Aschenschlund hörte man nie wieder etwas. Der Eingang zu seiner Höhle war durch die unzähligen zu Stein gewordenen Tränen versperrt, so daß keiner zu ihm gelangen konnte. Lars Wunsch war in Erfüllung gegangen. Er war der »Drachenbezwinger« und ging als solcher in die Geschichte des Spiegellandes ein, ein Held. Er war berühmt, so wie sein großes Vorbild Siegfried der Drachentöter.

Tim Pim Pa wußte, daß der Drache nicht die einzige Gefahr im Schattengebirge war. Es gab da noch Doppeltwin, eine Statue mit zwei Gesichtern. Sie konnte Reisende durch einen Blick in Stein verwandeln. Wenn die Reisenden gewußt hätten, wo die Statue steht, wäre sie nicht sehr gefährlich gewesen. Dann hätten sie einfach einen anderen Weg genommen. Doch Doppeltwin war sehr raffiniert und stand jeden Tag an einem anderen Platz. Keiner konnte sich erklären, wie das geschah. Keiner hatte jemals gesehen, daß sich die Statue bewegte. Und doch wechselte sie immer ihren Standort und stellte so eine große Gefahr für ahnungslose Reisende dar. Tim Pim Pa erzählte Lars die Geschichte von Doppeltwin.

»Eine Statue, die sich bewegt, das gibt es nicht. Tim Pim Pa, du hast zu viel Phantasie«, entgegnete Lars.

»Es gibt auch keine sprechenden Pflanzen und lebenden Schneemänner. Und trotzdem hast du sie gesehen. Merk dir, daß im Spiegelland alles möglich ist«, widersprach der kleine Riese. Während sie weitergingen, sah sich Lars aufmerksam um. Vielleicht war doch etwas Wahres an der Geschichte, dachte er. Wie Tim Pim Pa gesagt hatte, hier war alles möglich.

Fast hatten sie das Schattengebirge schon hinter sich, da schoß plötzlich von einem Hügel ein Blitz auf Lars zu. Der Junge konnte gerade noch ausweichen. Während er am Boden lag und seine Hände schützend vors Gesicht hielt, blinzelte er in die Richtung, aus der der Blitz gekommen war. Da stand Doppeltwin, eine übermenschengroße Statue in einer Ritterrüstung, mit zwei gräßlichen Gesichtern. Die Augen waren weit geöffnet und hatten Lars im Visier. Schon schoß aus ihnen der zweite Blitz und traf Lars am Arm, genauer gesagt, seine Armbanduhr. Der Blitz prallte an der Uhr ab und schoß in derselben Geschwindigkeit auf Doppeltwin zurück. Die Statue erwachte plötzlich zum Leben und versuchte auszuweichen. Aber es war zu spät. Vom Blitz getroffen, unter markerschütterndem Geschrei, zerfiel die Statue zu Staub.

Wieder hatten die drei Freunde mit viel Glück eine Gefahr überstanden und waren ihrem Ziel ein Stück näher gekommen.

General Blechkopf

Das Schattengebirge und seine Gefahren lagen nun hinter den drei Gefährten. Bis zum Schloß des Zauberers würde die Reise ruhiger verlaufen, behaupteten Tim Pim Pa und Weißkopf. Und tatsächlich geschah lange Zeit gar nichts. Lars wurde sorglos und unachtsam. Laut unterhielten sich die Freunde über Gott und die Welt. Weißkopf und Tim Pim Pa wollten alles über Norwegen wissen. Dieses Land war für sie genauso weit entfernt und geheimnisvoll wie für Lars das Spiegelland.
Plötzlich wurden sie bei ihrer lebhaften Unterhaltung durch einen lauten Schrei gestört: »Halt! Stehenbleiben!« Der Ruf hörte sich so gebieterisch an, daß Lars, Tim Pim Pa und Weißkopf keine Sekunde zögerten, diesem Befehl nachzukommen. Vorsichtig sahen sie sich um, konnten aber nur ein leises Rascheln aus dem Gebüsch hören.
»Wer ist da?« fragte Weißkopf mit seiner tiefen Stimme. Es kam keine Antwort. Da beschlossen die drei, einfach weiterzugehen. Sie hatten gerade einen Schritt getan, als die Stimme diesmal noch bedrohlicher rief: »Ich habe gesagt, ihr sollt stehenbleiben.«
Vielleicht war es doch besser zu gehorchen, dachten die drei Freunde und hielten erneut an. Wieder hörten sie ein Rascheln im Gebüsch und dann ein lautes Knarren und Scheppern.
Aus den Sträuchern trat ein Soldat aus Blech. Wenn er sich bewegte, klapperten seine Gelenke. Er sah aus als würde er jeden Moment zusammenbrechen, aber eher das Gegenteil war der Fall. Er hatte sehr viel Energie, die er bestimmt nicht zum Guten verwenden würde. Der Blechsoldat blieb stehen und betrachtete die Freunde genau. Dann zwirbelte er seinen langen schwarzen

Schnurrbart, und stieß mit schnarrender Stimme aus: »Was wollt ihr hier, Fremde?«
Weißkopf war eine so grobe Behandlung nicht gewöhnt. »Wie wäre es, wenn Sie sich erst einmal vorstellen? Oder gibt es etwa beim Militär nicht die einfachsten Umgangsformen?« sagte er mit deutlichem Zorn.
Der Soldat war überrascht. So etwas hatte ihn schon lange keiner mehr gefragt. »Ich bin General Blechkopf. Und jetzt verlange ich eine Antwort auf meine Frage!« brüllte er.
»Ja, ja sicher«, antwortete Weißkopf in beruhigendem Ton. »Wir sind drei Wanderer, die sich aufgemacht haben, um unser Land zu entdecken. Es gibt hier so viele faszinierende Landschaften, die wir noch kennenlernen möchten. Ach, und die herrlichen verschiedenen Grautöne. Einfach himmlisch! »Lars und Tim Pim Pa schauten sich an. Die Eule konnte wirklich sehr gut lügen. Weißkopf setzte allerdings noch eines drauf: »Gerade haben wir das Schattengebirge hinter uns gelassen. Die Schluchten und aschebedeckten Gipfel waren einfach überwältigend. Als nächstes wollen wir uns das berühmteste Gebäude des Schattenreiches ansehen, das sagenumwobene Schloß des allmächtigen Schattenzauberers.« Bei den letzten Worten senkte er die Stimme und verharrte dann in Schweigen.
Der Blechgeneral ließ sich mit der Antwort Zeit, dann sagte er: »Mich kannst du nicht täuschen, du widerliches Federvieh. Ihr seid Spione aus dem Lichtreich, und ich werde euch festnehmen. Dafür werde ich bestimmt das Schattenverdienstkreuz erhalten. Das fehlt mir noch in meiner Sammlung.« Der General zeigte auf seine stolzgeschwellte Brust, an der bereits eine ganze Menge Orden hingen.

Weißkopf war außer sich vor Wut. Ein widerliches Federvieh hatte ihn diese Blechbüchse genannt. Das sollte er nicht ungestraft tun. Zornig setzte die Eule zum Angriff an. Tim Pim Pa und Lars wollten Weißkopf zurückhalten, aber dazu war es schon zu spät. Weißkopf flog im Sturzflug auf den General zu und prallte hart gegen seine mit Orden geschmückte Brust. Weißkopf hatte gut gezielt. General Blechkopf verlor das Gleichgewicht, strauchelte und fiel in eine Pfütze. »Das wäre erledigt, gehen wir«, forderte Weißkopf seine Freunde auf.

Doch Weißkopf hatte die Rechnung ohne den General gemacht. Der war mit einiger Mühe auf die Beine gekommen und brüllte: »Männer, schnappt euch diese gemeinen, hinterhältigen, boshaften, respektlosen, unverschämten Verbrecher!« Während er noch damit beschäftigt war, den Schmutz von seiner Kleidung zu wischen, kamen hinter den Bäumen viele Blechsoldaten heraus und stellten sich Lars und Tim Pim Pa in den Weg. Sie waren umzingelt. Keine Möglichkeit zu entkommen.

Weißkopf hatte mehr Glück. Er konnte ja fliegen. »Ich hole euch wieder raus«, rief er seinen Freunden zu, dann verschwand er hinter den Bäumen.

Der triefnasse General Blechkopf kam langsam auf Lars und Tim Pim Pa zu. Bei jeder Bewegung quietschten seine Gelenke. Lars hatte sogar den Eindruck, als hätte er durch die Nässe seiner Kleider Rost angesetzt. Aber da täuschte er sich bestimmt. »Bringt sie ins Schloß zum Zauberer. Der wird sich über unseren Fang bestimmt freuen«, befahl der General seinen Soldaten. »Und fangt mir dieses Federvieh. Es soll nicht ungestraft davonkommen.« Sollte Weißkopf den Solda-

ten wirklich in die Hände fallen, hatte er nichts zu lachen. Aber die Eule war schnell und sehr schlau. Sie würde die dummen Soldaten bestimmt an der Nase herumführen. Jedenfalls hofften das Lars und Tim Pim Pa.
Es war schon ein merkwürdiges Bild. Die Blechsoldaten marschierten steiff im Gleichschritt zum Schloß des Zauberers. Dazwischen befanden sich Lars und Tim Pim Pa, die sich einen Spaß daraus machten, den Gleichschritt der Soldaten zu stören. Angst hatten sie zunächst keine. Weißkopf würde ihnen schon rechtzeitig zur Hilfe kommen. Als sie dann jedoch das Schloß in weiter Ferne am Horizont sehen konnten, bekamen sie erstmals Zweifel. Was, wenn Weißkopf doch nicht schnell genug wäre? Daran wollten sie gar nicht denken.
Weißkopf hatte schon einen Plan. Er wollte im Wald einige Vögel zusammensuchen, um mit ihrer Hilfe die Soldaten anzugreifen. Die Vögel sollten sie von Lars und Tim Pim Pa ablenken, bis diese sich in Sicherheit gebracht hatten. Der Plan hörte sich gut an und anfangs sah es auch so aus, als würde er gelingen. Weißkopf fand tatsächlich im Wald viele seiner Artgenossen. Eulen, Amseln, Krähen, Finken und Spatzen gab es da jede Menge. Natürlich waren sie wie alles andere in diesem verrückten Land grau. Aber daran war Weißkopf inzwischen schon gewöhnt. »Freunde, ich brauche eure Hilfe«, begann Weißkopf eine lange Rede, in der er den Vögeln die Situation erklärte. Er endete mit den Worten: »Nur mit eurer Hilfe können meine Freunde befreit werden. Nur mit eurer Hilfe kann das Lichtreich gerettet werden und die Sonne zurück ins Schattenreich gebracht werden.« »Ihr habt also vor, etwas gegen den Zauberer zu unternehmen?«, fragte ein großer Uhu, der

scheinbar der Sprecher der Vögel war, mit knarrender Stimme nach. »Ja, wir wollen seine Herrschaft beenden«, bestätigte Weißkopf mit stolzem Ton in der Stimme. »Dann werden wir dich wohl gefangennehmen müssen«, stellte der Uhu gelangweilt fest und gab den anderen Vögeln ein Zeichen. Weißkopf war für ihn nur ein Eindringling, der ihn in seiner Ruhe störte. Er hatte nicht die Absicht, ihm zu helfen, ganz im Gegenteil. Der Uhu war wie alle Bewohner des Schattenreiches böse.
Eigentlich hätte Weißkopf das wissen müssen, denn er war schon einmal reingefallen. Doch jetzt war es zu spät für ihn. Er sah sich von über hundert Vögeln umzingelt. Ein Entkommen war unmöglich. Weißkopf mußte sich geschlagen geben – vorerst. Unter lautem Schimpfen und Fluchen ergab er sich.
Der Uhu war zufrieden. Für ihn war es bequem, daß Weißkopf keine Schwierigkeiten machte. Trotzdem wollte er ihn so schnell wie möglich loswerden. Deshalb sagte er seinen Vögeln: »Bringt den Verräter zu General Blechkopf. Soll der sich mit den Verschwörern herumärgern.«
Die Vögel brachen sofort auf, um Weißkopf dem General zu übergeben. Dem war der Gedanke an den Blechsoldaten äußerst unangenehm.
Und tatsächlich, General Blechkopf lächelte zum ersten Mal seit langem wieder, als er Weißkopf erblickte. Es war allerdings kein freundliches Lächeln, sondern ein boshaftes, hinterhältiges.
»Da haben wir ja meinen ganz besonderen Freund. Das freut mich aber«, rief er mit einem gemeinen Unterton. Jeder wußte, daß er genau das Gegenteil von dem meinte, was er sagte. »Für dich werde ich mir etwas Außergewöhnliches ausdenken, darauf kannst du dich

verlassen.« Der General warf einen Blick auf seine schmutzige Uniform und sah dann Weißkopf drohend an. Der hatte jetzt wirklich Angst, denn diesem verrückten General traute er alles zu.
Inzwischen war es dunkel geworden und die Soldaten hatten mit ihren Gefangenen eine Geisterstadt erreicht. Früher war der Ort einmal sehr schön, aber inzwischen war er ausgestorben und die Gebäude waren heruntergekommen. In dieser trostlosen Gegend wollte der General sein Nachtlager errichten. Für ihn war es sehr praktisch, daß es in der Geisterstadt ein Gefängnis gab, denn dort konnte er Lars, Tim Pim Pa und Weißkopf einsperren, ohne Angst haben zu müssen, daß sie flüchten würden.
Lars und Tim Pim Pa waren sehr enttäuscht, als sie Weißkopf wiedersahen. Er war ihre Hoffnung gewesen. Trotzdem sagte Lars: »Es gibt bestimmt einen Weg, wie wir diese strohdummen Soldaten überlisten können.«

Die drei Freunde lagen die ganze Nacht wach und überlegten, was sie tun könnten. Der Morgen graute schon, bald würden die ersten Soldaten aufstehen. Wer weiß, was dann geschehen würde? Sie waren ganz nah am Schloß des Zauberers, und trotzdem schien ihre ganze Reise umsonst gewesen zu sein.
Plötzlich rief Tim Pim Pa: »Ich hab's. Ich hab' die Lösung unseres Problems. Daß ich Idiot nicht schon viel früher darauf gekommen bin. Dabei ist es so einfach.«
»Was ist einfach? sag schon!«, entgegnete Lars.
»Ihr müßt euch nur umsehen, und ihr wißt, was wir zu tun haben«, raunte Tim Pim Pa.
»Wir wissen es nicht. Spann uns doch nicht so lange auf die Folter. Wir haben nicht mehr viel Zeit«, sagte

Weißkopf. Für ihn war die Situation am gefährlichsten. Schließlich hatte dieser Blechkopf mit ihm etwas »Außergewöhnliches«, vor.
»Seht ihr den Wasserschlauch da in der Ecke?« fragte Tim Pim Pa. Der Schlauch hatte sie die ganze Nacht genervt, weil er ununterbrochen tropfte. »Es ist ganz einfach«, fuhr der kleine Riese fort, »der alte Blechgeneral hat Rost angesetzt, nachdem er in die Pfütze gefallen war. Und das ist der Schlüssel zur Lösung unseres Problems. Wenn uns die Soldaten aus der Zelle holen wollen, richten wir den Feuerwehrschlauch auf sie und drehen das Wasser voll auf. Innerhalb von Sekunden werden die Soldaten eingerostet sein und sich nicht mehr bewegen. Und wir können ohne Probleme einen Spaziergang in Richtung Schloß unternehmen.«
Weißkopf war begeistert, konnte er doch noch einmal seinem Schicksal als Brateule entgehen. Lars war allerdings noch nicht überzeugt. »Es wird viel zu lange dauern, bis sie eingerostet sind. Der Plan wird nicht funktionieren«, gab er zu bedenken.
»Keine Sorge. Es wird alles gutgehen«, beruhigte ihn Tim Pim Pa. »Bei euch auf der Erde dauert es vielleicht Monate oder Jahre, bis Metalle rosten, aber wir sind im Spiegelland. Hier ist vieles anders. Du wirst schon sehen, daß ich recht habe.«

Es war hell geworden, und auf einmal tauchten die ersten Soldaten auf. Allen voran der alte General. Er schloß die Tür zur Zelle auf und wollte gerade etwas sagen, da brüllte Tim Pim Pa: »Wasser marsch!« Lars drehte den Hahn auf. Der General konnte nicht mehr ausweichen. Die Wucht des Wasserstrahls warf ihn und seine Soldaten zu Boden. Der General brüllte, aber

auch das half nichts mehr. Nach wenigen Minuten lagen alle Soldaten regungslos am Boden. Die drei Freunde marschierten stolz an ihnen vorbei. Weißkopf konnte es sich nicht verkneifen, dem wütend dreinblikkenden rostigen General die Zunge herauszustrecken. Dann flog er den anderen hinterher, die bereits in Richtung Zauberschloß marschierten.
Von weitem hatte das Schloß düster, aber prunkvoll gewirkt, doch je näher sie kamen, desto mehr merkten sie, daß von dem alten Glanz nicht viel übriggeblieben war. Das Schloß war heruntergekommen und sah richtig schäbig und angsteinflößend aus.
»Wir müssen vorsichtig sein«, flüsterte Lars, »wer weiß, wie der Zauberer das Schloß bewachen läßt.«

Der Schattenzauberer

Das erste Problem hatten die drei bereits, als sie vor dem Wassergraben, der das Schloß umgab, standen. Wie sollten sie ihn überwinden? Schwimmen war unmöglich, denn in dem Graben warteten einige Krokodile darauf, die Eindringlinge zu verspeisen. Fliegen konnte nur Weißkopf.
»Wir könnten wie Stabhochspringer über den Graben springen«, schlug Tim Pim Pa vor.
»Um dann doch in den Graben zu fallen, weil der Stab bricht oder wir nicht weit genug springen«, gab Lars zu bedenken. »Das ist, glaube ich, keine gute Idee. »Die beiden überlegten weiter.
»Ich hab's!« rief Tim Pim Pa. »Wir graben einen Tunnel unter dem Burggraben hindurch. So umgehen wir die Gefahr und kommen sicher auf der anderen Seite wieder heraus.«
»Bravo!« sagte Lars ironisch und klatschte in die Hände. »Wir werden Tage oder noch länger dazu brauchen. Bis dahin ist es viel zu spät. Nein, wir müssen so schnell wie möglich in das Schloß. Koste es, was es wolle.«
Die Lage schien aussichtslos. Auch der Beutel mit den magischen Gegenständen konnte diesmal nicht weiterhelfen. Jetzt waren sie so nah am Ziel und doch gleichzeitig so weit davon entfernt.
Weißkopf, der über das Schloß geflogen war, um es auszukundschaften, kam zu Lars und Tim Pim Pa zurück. »Außer der Zugbrücke gibt es keine Möglichkeit, in das Schloß zu gelangen«, berichtete er. »Es wird mir wohl nichts anderes übrigbleiben, als allein zu versuchen, das Amulett zu stehlen.«
»Nein«, widersprach Lars heftig, »das darfst du nicht. Es ist viel zu gefährlich. Du kennst das Schloß genausowenig wie wir. Sicher gibt es viele Fallen, von denen

wir nichts ahnen und die wir nur gemeinsam bewältigen können. Außerdem ist der Zauberer bestimmt nicht leicht zu täuschen. Er wird gut auf das Amulett aufpassen, denn er weiß genau was es wert ist. Nein, Weißkopf, du bleibst hier. Entweder wir gehen zusammen oder gar nicht.«

»Wenn ich es nicht versuche, wird das Spiegelland untergehen«, entgegnete Weißkopf. »Ich habe keine Wahl. Ich würde es mir nie verzeihen, wenn ich nicht alles versucht hätte. Ihr könnt mich nicht aufhalten. Lebt wohl, Freunde.« Weißkopf flog davon.

Lars und Tim Pim Pa riefen ihm ein leises »Viel Glück« nach, da geschah etwas völlig Unvorhergesehenes. Die Zugbrücke begann laut zu rattern und senkte sich langsam. Lars und Tim Pim Pa strahlten. Das war ihre Chance, in das Schloß zu gelangen.

Leise krochen sie durch das Gebüsch, bis sie unmittelbar neben der Zugbrücke waren. Glücklicherweise befand sich dort ein besonders dichter Busch, hinter dem sie sich gut verstecken konnten. Lars und Tim Pim Pa beobachteten, wie ungefähr fünfzig Blechsoldaten über die Zugbrücke in Richtung Wald marschierten. Als die letzten die Zugbrücke überquert hatten, begann diese sich laut ratternd emporzuheben. Mit einem rasanten Sprung waren Lars und Tim Pim Pa auf der Brücke und im Schloß. Sie versteckten sich hinter einer alten Ritterrüstung, bis das Tor wieder ganz geschlossen war. Dann sahen sie sich in dem düsteren Schloß um. Jetzt waren sie in der Höhle des Löwen. Das große Ziel war in greifbarer Nähe.

Unterdessen hatte der Zauberer des Lichts alle Kisten im Keller nach dem Buch mit den Wetterzaubersprüchen durchsucht. Leider umsonst. Er fand zwar alles mögliche, aber nicht das, wonach er suchte. Ratlos saß er mit seiner treuen Schlange Luzi zwischen den Kisten. »Ich hab's!« rief er plötzlich. »Daß ich nicht gleich darauf gekommen bin. Anscheinend werde ich langsam alt und vertrottelt.« Mit ungewohnter Schnelligkeit stand der alte Mann auf und lief die Treppen hinauf bis zu einem Turmzimmer. Luzi folgte ihrem Meister. Das Turmzimmer war verschlossen, aber das war für einen richtigen Zauberer kein Problem. Ein leichtes Klopfen genügte, und die Tür sprang auf. Der Zauberer öffnete eine verstaubte Truhe und entnahm ihr ein Buch. »Das ist es, das Wetterzauberbuch«, rief er freudig und machte sich sogleich daran, den richtigen Spruch herauszufinden.

Plötzlich hörte er ein lautes Fauchen und Zischen hinter sich. Als er sich umdrehte, hatte sich Luzi bedrohlich aufgerichtet. Das Licht fiel auf ihr weit aufgerissenes Maul und ließ ihre spitzen Zähne gefährlich funkeln. Es bestand kein Zweifel, sie wollte ihren Meister angreifen.

Blitzschnell nahm der alte Zauberer das Buch und schleuderte es nach der Schlange. Hart am Kopf getroffen sank sie in sich zusammen und blieb regungslos liegen. Als der Zauberer auf sie zuging, löste sie sich auf. Zurück blieb ein schwarzes Pulver, auf das der Zauberer entsetzt starrte. Erst jetzt begriff er, was geschehen war. Die Schlange, der er jahrelang vertraut hatte, war eine Spionin seines bösen Bruders. Sie hatte ihn betrogen und seinem Bruder alle möglichen Informationen geliefert. Das schlimmste war jedoch, daß der böse Zauberer der Schatten vor Lars und seinen Begleitern gewarnt worden war. Er war auf ihr Ein-

dringen im Schloß vorbereitet und würde ihnen eine Falle stellen.
Der Zauberer des Lichts machte sich schwere Vorwürfe. Er konnte Lars, Tim Pim Pa und Weißkopf nicht helfen, denn seine Macht endete am großen Spiegel.
Schnell durchblätterte er das Wetterzauberbuch. Ohne den zweiten Teil des Amuletts konnte er zwar die Katastrophe im Lichtreich nicht verhindern, aber er konnte sie wenigstens für einige Zeit aufhalten.
Nach kurzer Zeit fand er den passenden Zauberspruch und stieg mühsam die schmale Wendeltreppe zur Spitze des Turms hinauf. Außer Atem kam er oben an. Über dem ganzen Lichtreich hingen dunkle Wolken. Jeden Moment würde es anfangen zu regnen. Der alte Zauberer hatte den Wetterzauberspruch also gerade noch im richtigen Moment gefunden. Er hob die Arme und sprach mit tiefer beschwörender Stimme:
»Geister des Sturms, kommt herbei geschwind.
Vertreibt die dunklen Wolken mit eurem Wind.
Laßt auf die Erde die Strahlen der Sonne,
damit wieder Farbe ins Lichtreich komme!«
Die Formel verfehlte ihre Wirkung nicht. Ein heftiger Sturmwind fegte über das Land und vertrieb die dunklen Regenwolken in das Schattenreich. Die Sonne schickte ihre wärmenden Strahlen auf die Erde. Die Blumen, die zitternd ihre Blüten in den Blättern verborgen hatten, begannen wieder aufzublühen, und die Tiere kamen aus ihren Verstecken. Der Spuk war vorüber.
Es fragte sich allerdings, wie lange. Der Zauberer hatte Lars und seinen Freunden nur einen kleinen Aufschub verschafft, denn Leopoldine Donnerblitz und sein böser Bruder waren zusammen stärker als er. Nur mit

dem Amulett konnte er sie besiegen. Jetzt wartete er und hoffte, daß Lars Glück hatte.

Lars, Tim Pim Pa und Weißkopf waren währenddessen in die Privatgemächer des Schattenzauberers vorgedrungen. Das Schloß schien völlig unbewohnt. Zumindest hatten sie bisher noch keine Menschenseele gesehen oder gehört.

Der Zauberer und Leopoldine Donnerblitz befanden sich in ihrer Hexenküche und beobachteten in einem magischen Spiegel stolz ihr Werk. Sie freuten sich so sehr über die dunklen Wolken, daß sie alles um sich herum vergaßen. Sie ahnten nicht, daß sich Eindringlinge im Schloß befanden, denn sie glaubten Lars und dessen Freunde im sicheren Gewahrsam der Blechsoldaten. Doch als sie plötzlich sahen, wie die dichte Wolkendecke aufriß und die Wolken zurück ins Schattenreich zogen, gerieten sie in Panik. Aufgebracht rannten sie in der Hexenküche herum und suchten nach einem Mittel, wie sie die Wolken zurück ins Lichtreich schikken konnten. In ihrer Hektik bemerkten sie nicht, daß sie von Lars, Tim Pim Pa und Weißkopf durch den Türspalt beobachtet wurden.

Die drei Freunde hatten das Amulett entdeckt, aber o Schreck, es hing um den Hals des bösen Zauberers. Ohne daß der es merkte, konnten sie das Amulett nicht stehlen. Doch Weißkopf ließ sich nicht unterkriegen. Er hatte eine Idee, wenn auch eine gefährliche. Er wartete, bis Leopoldine Donnerblitz und der Zauberer zum Fenster gegangen waren. Dann flog er in die Hexenküche, setzte sich auf ein überfülltes Regal und blieb dort so unbeweglich sitzen, als wäre er ausgestopft.

Lars und Tim Pim Pa beobachteten gespannt, was geschehen würde. Die beiden Bösewichte kehrten fluchend zu ihrem Zauberbuch zurück. Der Zauberspruch hatte nicht gewirkt. Der Schattenzauberer sah lange Zeit zum Regal, entdeckte aber Weißkopf nicht. Er war wohl zu sehr damit beschäftigt, einen geeigneten Spruch zu finden. Er sah noch älter und häßlicher aus als in der Glaskugel. Tiefe Falten hatten sich um seine Nase eingegraben. Den aschgrauen Bart hatte er abrasiert, was seinem Gesicht eine noch kantigere Form gab.

Der Zauberer wandte Weißkopf seinen Rücken zu. Der nutzte die Chance und biß die Kette, an der das Amulett hing, durch. Hart schlug es auf dem Boden auf. Und genau in diesem Moment donnerte es laut, nachdem ein Blitz wohl in einen Baum eingeschlagen hatte. Das Amulett lag auf dem Boden. Irgendwie mußten der Zauberer und die Hexe abgelenkt werden, damit Weißkopf mit dem Amulett die Hexenküche wieder verlassen konnte. Tim Pim Pa nahm den nächstbesten Gegenstand, ein Teil einer Ritterrüstung, und warf ihn mit Schwung durch ein Fenster der Hexenküche. Laut klirrend zerbrach die Scheibe.

»Was war das?« rief der Zauberer und rannte mit der Hexe zum Fenster.

Weißkopf nutzte die Gelegenheit, flog im Sturzflug auf das Amulett zu, packte es mit den Krallen und war auch schon aus der Küche entkommen. Der Zauberer und die Hexe merkten nichts.

Der Rückweg aus dem Schloß entpuppte sich als sehr schwierig. Die Zugbrücke war wieder eingezogen worden, und die drei Freunde konnten den Burggraben mit den Krokodilen nicht überwinden. Wie so oft während ihrer gefährlichen Reise saßen sie wieder einmal in der Falle, gefangen im Schloß des Zauberers. Sie fürchteten dessen Zorn, wenn er den Verlust des Amuletts bemerken würde, also mußten sie schnell handeln. Eines hatten sie auf ihrer Reise gelernt: Nichts ist unmöglich. Auch wenn alles aussichtslos schien, gab es immer einen Weg. Fest daran glauben und die Augen offen halten, das war ihre Devise geworden.

Diesmal machte der kleine Riese Tim Pim Pa einen Vorschlag, wie sie entkommen könnten. »Im Innenhof des Schlosses stehen Weinfässer, die sind unsere Rettung«, sagte er. »Jetzt schaut mich nicht so entgeistert an, es ist doch ganz einfach. Die Krokodile fressen Menschen, aber keine Weinfässer. Also tarnen wir uns als Faß.« Lars und Weißkopf verstanden ihn nicht. »Ihr seid aber schwer von Begriff«, sagte Tim Pim Pa. »Also, ich erkläre es euch noch einmal ganz langsam. Wir steigen in ein Weinfaß und rollen damit von der Brüstung. Wir landen im Wasser. Die Krokodile kommen. Aber da wir im Faß sind, was sie ja nicht wissen, werden sie bald wieder verschwinden. Wenn sie weg sind, können wir das Faß verlassen und an Land gehen. Ist das nicht ein großartiger Plan?«

»Na, ich weiß nicht«, meinte Lars, »wenn das Faß untergeht oder die Krokodile es mit ihren kräftigen Zähnen öffnen, dann sieht es nicht gut für uns aus.«

»Ach, es wird schon nichts schiefgehen. Wir müssen es versuchen. Einverstanden?« erwiderte Tim Pim Pa.

Lars überlegte einen Moment. »Einverstanden«, sagte er schließlich. »Du hast recht. Wir müssen es probieren. Das Amulett geben wir Weißkopf. Falls uns etwas zustößt, kann er es immer noch ins Lichtreich bringen.« Er hängte Weißkopf das Amulett um den Hals.

Es fiel den dreien schwer, sich voneinander zu verabschieden. Sie wußten, daß sie sich nie wiedersehen würden, wenn bei ihrem Plan irgend etwas mißlingen sollte. Weißkopf wollte sich eigentlich nicht anmerken lassen, daß er sich große Sorgen machte, sondern seine Freunde beruhigen und aufmuntern. »Kopf hoch, ihr schafft das schon«, sagte er daher. »Ihr übertreibt wieder einmal maßlos. Wir müssen uns gar nicht voneinander verabschieden, weil wir uns schon in ein paar Minuten am anderen Ufer wiedersehen werden. Also, macht's gut, bis gleich.« Weißkopf drehte sich nicht noch einmal um, bevor er davonflog. Er hatte Tränen in den Augen, die er seinen Freunden nicht zeigen wollte. Am anderen Ufer setzte er sich in eine Baumkrone und beobachtete mit seinen scharfen Augen das Schloß des Zauberers.

Tim Pim Pa hatte inzwischen ein leeres Faß auf die Zinnen des Schlosses geschleppt. »Auf geht's zu unserer Abenteuerfahrt!« rief er, klang jedoch nicht gerade optimistisch. Es gab eine Menge Risiken. Was, wenn das Faß beim Aufprall auseinanderbrechen würde, wenn Wasser eindringen und sie untergehen würden, wenn ... nein, er durfte nicht weiter über die möglichen Katastrophen nachdenken.

Lars kroch in das Faß, danach stieg auch Tim Pim Pa hinein und schloß von innen das Faß, indem er den Deckel daraufsetzte. Jetzt war es fast völlig dunkel. Nur durch ein winziges Loch im Deckel drang ein schwacher Lichtschein.

Tim Pim Pa nahm Lars Hand. »Beweg dich jetzt nach links und rechts«, flüsterte er ihm zu. Beide begannen sich zu bewegen. Das Faß schaukelte hin und her, aber nicht genügend, um von den Zinnen in den Graben zu fallen. Da wurde Tim Pim Pa wütend und trat mit aller Kraft gegen das Faß. Es bewegte sich heftig hin und her, aber der Stoß war immer noch nicht kräftig genug gewesen. Ein zweites Mal trat Tim Pim Pa gegen den Faßboden und daraufhin stürzte das Faß in die Tiefe. Es flog mit rasanter Geschwindigkeit durch die Luft und schlug mit lautem Klatschen auf der Wasseroberfläche auf.

Tim Pim Pa und Lars wurden heftig hin und her geschleudert. Wasser drang durch einige kleine Ritzen. Die beiden benötigten einen kleinen Moment, um wieder zu sich zu kommen und ihre Glieder zu sortieren. Lars' Beine hatten sich mit denen von Tim Pim Pa verwickelt, und es war gar nicht so einfach, sie wieder auseinanderzubekommen. »Wir müssen sehen, daß wir hier rauskommen«, meinte Tim Pim Pa. Er spähte durch das kleine Loch im Deckel hinaus. Weit und breit keine Spur von Krokodilen. Vielleicht hatte sie der Aufprall so erschreckt, daß sie sich auf die andere Seite des Wassergrabens zurückgezogen hatten. Tim Pim Pa stellte fest, daß sie fast am anderen Ufer waren. »Wir müssen uns beeilen. Ich zähle bis drei, dann springen wir beide raus und schwimmen zum anderen Ufer. Es ist höchstens vier Meter entfernt«, erklärte er und begann zu zählen: »Eins ... zwei ... drei! Los!« Gleichzeitig sprangen sie heraus, doch sie landeten nicht im Wasser, sondern auf dem Trockenen.

»Was ist das?« fragte Tim Pim Pa verwundert und sah nach unten. Vor Schreck wäre ihm fast das Herz stehengeblieben. Sie standen nämlich auf dem Rücken eines gewaltigen Krokodils, aus dessen riesigem Maul ein gurgelndes Lachen drang.

Tim Pim Pa erstarrte und war überzeugt, daß sein letztes Stündlein geschlagen hatte. Lars und Tim Pim Pa klammerten sich in ihrer Todesangst fest aneinander. Das Krokodil schaukelte langsam hin und her. Es war nur eine Frage der Zeit, bis die beiden ins Wasser fallen würden.

Weißkopf hatte mit Schrecken die Szene von seinem sicheren Platz aus verfolgt. Er beschloß, seinen Freunden sofort zu helfen. Im Sturzflug flog er auf das Krokodil zu und drehte erst dicht vor dessen Kopf ab.
Das Krokodil war verdutzt. Es hatte jedoch keine Zeit, darüber nachzudenken, denn schon flog Weißkopf erneut an ihm vorbei. Und nicht nur das, er hackte mit seinem spitzen Schnabel nach dem riesigen Kopf des Krokodils. Das ließ sich das Ungeheuer nicht gefallen. Als Weißkopf wieder vorbeiflog und das Krokodil am Kopf verletzte, verlor es die Geduld und wollte sich an der frechen Eule rächen. Weißkopf aber hatte sich ans Ufer gesetzt und schnitt dem Krokodil Grimassen, während Tim Pim Pa und Lars verzweifelt versuchten, nicht ins Wasser zu fallen.
Das Krokodil beobachtete Weißkopf genau aus seinen gefährlichen Schlitzaugen, lag völlig unbeweglich im Wasser und schwamm plötzlich mit zwei gewaltigen Zügen zum Ufer. Weißkopf war jedoch schneller und flog auf einen Baum. Dort lenkte er das Krokodil weiterhin mit seinen Grimassen ab, so daß für Lars und Tim Pim Pa eine Chance zur Flucht kam. Sie stiegen vorsichtig vom Rücken des Krokodils und rannten so schnell sie konnten in den nahen Wald. Erst als sie in sicherer Entfernung waren, flog auch Weißkopf davon, nicht ohne das Krokodil noch einmal zu ärgern: »Ausgetrickst, Dummkopf!«

Erst jetzt merkte das Krokodil, daß seine Beute verschwunden war und ihn die Eule reingelegt hatte. Wütend zog es sich in den Wassergraben zurück und sann auf Rache.

Die drei Freunde umarmten sich stürmisch. Wie schön war es, daß sie wieder zusammen waren und alles gutgegangen war. Sie hatten das Ziel ihrer Reise erreicht und dem bösen Zauberer des Schattenreichs seine Amuletthälfte gestohlen. Das Schlimmste war überstanden. Jetzt konnten sie sich auf den Rückweg machen und am folgenden Tag schon am Schloß des Lichtzauberers ankommen.
Nachdem sie sich die Karte des Schattenreichs noch einmal angesehen hatten, schlug Tim Pim Pa vor, einen anderen Weg zurück zu nehmen. Sie wollten den beschwerlichen Weg über das Schattengebirge und durch den Wald der tausend Stimmen vermeiden.
Lars war damit einverstanden. Er wollte so schnell wie möglich zurück. Während der Aufregungen der vergangenen Tage hatte er Norwegen und seine Freunde ganz vergessen. Doch jetzt dachte er an seine Eltern. Bestimmt hatten sie ihn schon gesucht und waren traurig, weil sie ihn nicht gefunden hatten. Sicher machten sie sich große Sorgen um ihn. Gern hätte er ihnen gesagt, daß mit ihm alles in Ordnung war und er bald wieder bei ihnen sein würde. Er vermißte auch seine Freunde, die jetzt ohne ihn Schneemänner bauten oder Schlittschuh liefen. Lars dachte an den Weihnachtstee und die Plätzchen, die seine Mutter nach eigenem Rezept zubereitete. Er konnte sie riechen, und ihm lief das Wasser im Mund zusammen.
»Lars, was ist los mit dir?« Weißkopfs raunende Stimme riß ihn aus seinen Gedanken.

Er merkte, daß ihm Tränen über die Wangen liefen. »Nichts. Kommt, wir müssen aufbrechen«, sagte er, um diese Situation zu überspielen. In Norwegen war ein Junge, der weinte, kein richtiger Junge. Er wollte nicht schwach, sondern stark sein. Deshalb lief er schnell voraus.

Lange Zeit marschierten die drei Freunde durch Wälder und Wiesen, ohne jemand zu begegnen. Allerdings fühlten sie sich verfolgt. Immer wieder blieben sie stehen und drehten sich um. Aber da war nichts. Die Aufregungen der vergangenen Tage hatten sie übervorsichtig und ängstlich gemacht. Während Lars und Tim Pim Pa weitergingen, flog Weißkopf noch einmal ein Stück des Weges zurück, konnte aber weit und breit keinen Verfolger entdecken. So kehrte er zu den anderen zurück und erklärte, es bestehe keine Gefahr. Lars und Tim Pim Pa glaubten ihm. Und trotzdem blieb ein unsicheres Gefühl zurück.

Die Stadt der Tiere

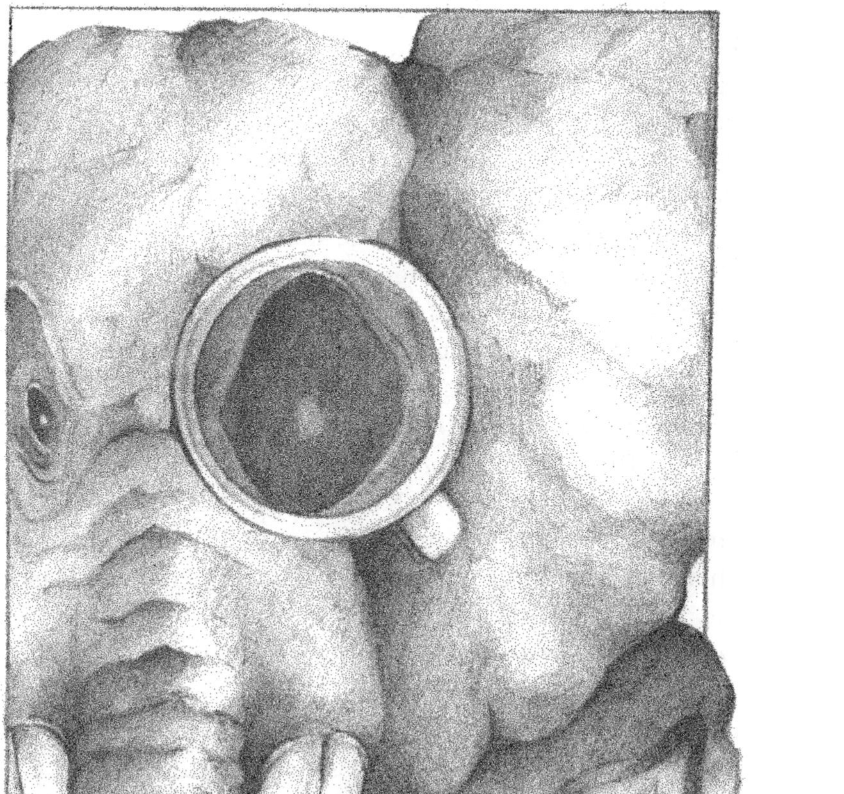

Die Nacht brach langsam herein, und die drei Freunde kamen zu einer alten Ruinenstadt. In ihrer Mitte befand sich ein riesiger verfallener Palast. Vor langer Zeit hatte hier wahrscheinlich ein reicher König gelebt.
»Hier können wir sicher übernachten«, sagte Lars, den die Idee begeisterte, einmal in einem richtigen Palast zu schlafen. Tim Pim Pa und Weißkopf stimmten sofort zu.
Im Laufe der Jahrhunderte hatten sich viele Pflanzen in dem Palast eingenistet. An allen Säulen kletterte Efeu empor, Himbeerstauden befanden sich dort, wo einst die Bankettafel des Königs gestanden hatte, und große Bäume hatten sich ihren Weg durch die Decke des Palastes gebahnt. Von dem Gebäude ging eine merkwürdige, geheimnisvolle Stille aus.
Nachdem sie sich schon einige Zeit in dem verlassenen Gebäude umgesehen hatten, fiel Tim Pim Pa etwas auf. »Seht euch doch diese herrlichen Farben an!« Und tatsächlich, der Palast erstrahlte in allen Farben. Das Gras war saftig grün, ebenso die Büsche und Sträucher. Blumen konnte man in allen Farben entdecken, in Rot, Blau, Gelb, Violett und vielen mehr. Ein wirklich geheimnisvoller Ort. Nur wenige Meter vom Palast entfernt war alles genauso grau und trist wie im restlichen Schattenreich, doch diese Ruine war eine Oase des Lebens und des Lichtes.
Die drei Freunde waren froh, in diesem feindseligen und häßlichen Land einen so schönen Platz zum Übernachten gefunden zu haben. Bevor sie sich schlafen legten, aßen sie einige der köstlichen Waldbeeren. Es waren so viele vorhanden, daß sie mühelos ihren Hunger stillen konnten. Dann wünschten sie sich eine gute Nacht.

Plötzlich wachte Lars auf. Seltsame Geräusche hatten ihn geweckt. Zunächst konnte er nichts sehen, denn es war so hell, daß ihm Tränen in die Augen stiegen. Langsam jedoch nahm er einige Gestalten wahr, die im Kreis um ihn und seine Freunde standen, und dann erkannte er, daß es sich um Tiere handelte: Gorillas, Schimpansen, Löwen, Tiger, Pumas, Kojoten, Schakale, Gazellen, Giraffen und viele andere hatten sich aufrecht stehend im großen Saal versammelt und beobachteten die Fremden. Weißkopf und Tim Pim Pa schliefen noch fest. Vorsichtig beugte sich Lars zu ihnen herüber – jede seiner Bewegungen wurde genau beobachtet – und gab Tim Pim Pa einen leichten Stoß.
»Was ist denn los? Laß mich doch schlafen«, murmelte der.
»Wach auf, wir sind umzingelt«, drängte ihn Lars leise.
»Umzingelt? Umzingelt!« rief Tim Pim Pa und sprang vor Schreck auf. Weißkopf wachte durch den lauten Schrei auf und sah sich die merkwürdigen Tiere an.
»Was wollen die von uns?« flüsterte Tim Pim Pa. Lars wußte es nicht und antwortete mit einem Schulterzukken. Die Situation wurde immer unangenehmer.
Die Tiere starrten die drei Fremden an, als wären es Verbrecher.
Wenn die drei die Tiersprache verstanden hätten, dann hätten sie erklärt, daß sie nicht in den Palast eindringen, sondern nur übernachten wollten. Aber die Tiere verstanden selbst Weißkopf, der viele Tiersprachen konnte, nicht.
Nach einigen vergeblichen Gesprächsversuchen meinte Lars: »Besser, wir gehen weiter. Auf Wiedersehen!« Er packte Tim Pim Pa am Ärmel, um mit ihm an den Tieren vorbeizugehen. Doch die zogen den Kreis so eng,

daß sie nicht vorbei konnten. »Naja, es war einen Versuch wert«, meinte Lars.
In den folgenden Minuten herrschte absolutes Schweigen. Das zog sich eine halbe Stunde hin. Den drei Freunden wäre es schon recht gewesen, wenn die Tiere sie angegriffen hätten. Dann hätten sie wenigstens gewußt, woran sie waren. Dieses schreckliche Schweigen war fast unerträglich.
Auf einmal war aus der Ferne ein lautes Stampfen zu hören. Irgend etwas Riesengroßes kam auf sie zu: ein mächtiger Elefant, der aufrecht durch die Reihen schritt. Wenige Meter vor Lars, Tim Pim Pa und Weißkopf blieb er stehen und musterte die drei von oben bis unten sorgfältig durch ein gigantisches Monokel, das er im linken Auge trug. Um seinen Hals befand sich ein rotes Tuch, auf dem ein Wappen eingestickt war, eine goldene Krone und zwei gekreuzte goldene Schwerter.
Der Elefant blieb einige Zeit unbeweglich stehen und richtete seinen scharfen, durchdringenden Blick auf die Eindringlinge. »Was wollt ihr hier in meinem Palast?« donnerte er dann los, so laut und unerwartet, daß Lars, Weißkopf und Tim Pim Pa zusammenzuckten. Verdutzt sahen sich die drei an. Keiner wagte zu antworten. Diesem furchtbaren Elefanten, vor dem anscheinend alle Respekt hatten, war alles zuzutrauen.
Lars sah Tim Pim Pa hilfesuchend an, bis dieser einen Schritt nach vorne trat, sich vor dem Elefanten verbeugte und antwortete: »Hoheit, wir sind drei arme Wanderer, die für die Nacht ein Dach über dem Kopf suchten. Da sahen wir diesen herrlichen Palast, den schönsten Palast, den wir je in unserem Leben zu Gesicht bekommen haben. Höflich klopften wir an das große Tor. Als uns niemand einließ, öffneten wir und

traten ein. Wir versuchten den Hausherrn zu finden, liefen von Raum zu Raum, aber der Palast schien verlassen. Deshalb legten wir uns schlafen. Im Morgengrauen wollen wir weiter unseres Weges ziehen. Wir kamen mit friedlichen Absichten und gehen sofort wieder, wenn Eure Hoheit es wünscht.« Bei den letzten Worten verbeugte sich Tim Pim Pa ein zweites Mal vor dem Elefanten.

Der fühlte sich durch die Anrede »Hoheit« sichtlich geschmeichelt. Über sein Gesicht huschte die Spur eines Lächelns, doch dann wurde es wieder hart und unbeweglich. »Ihr habt meinen Palast betreten und damit gegen unsere Gesetze verstoßen. Ihr müßt bestraft werden, wie es das Gesetz verlangt«, verkündete er. Die anderen Tiere klatschten Beifall.

Tim Pim Pa unternahm einen weiteren Versuch, doch noch ungeschoren davonzukommen. »Hoheit, ich bitte Euch diese Angelegenheit noch einmal zu überdenken. Wir sind Fremde. Wir kennen Eure Gesetze nicht und wußten nicht, daß dieser Palast bewohnt ist. Wir haben uns keines Vergehens schuldig gemacht. Bitte, Hoheit, laßt Gnade vor Recht ergehen. Wir werden Euch ewig dankbar sein und überall Zeugnis ablegen von Eurer Gnade und Güte.«

Der Elefant wirkte unsicher. Einerseits hätte er die drei Freunde gern ziehen lassen. Andererseits mußte er sich an die Gesetze halten. Das erwartete sein Volk von ihm. Doch dann hatte er die rettende Idee. »Der Richter soll über diese Sache entscheiden«, sagte er. Damit war die Angelegenheit für ihn erledigt.

Lars, Tim Pim Pa und Weißkopf waren froh, daß der Elefant wenig Interesse an einer Verurteilung hatte. Vielleicht, so hofften sie, konnten sie den Richter eben-

so einwickeln wie den Herrscher der verfallenen Stadt. Der Richter war jedoch ein Gorilla, der ein so mißmutiges Gesicht machte, als hätte ihm gerade jemand seine Banane geklaut. Tim Pim Pa blieb fast die Luft weg, als er dieses Ungeheuer kommen sah.
Trotzdem wollte er, der in die Rolle des Verteidigers geschlüpft war, sich nicht so ohne weiteres unterkriegen lassen.
Der Gorilla, der sowohl Lars als auch den kleinen Riesen um das Doppelte an Körpergröße übertraf, baute sich vor den Angeklagten auf. Er wirkte gelangweilt und müde. Man hatte ihn geweckt, und deshalb beeilte er sich, sein Urteil zu fällen, um weiterschlafen zu können.
Tim Pim Pa setzte zu seiner Verteidigungsrede an: »Euer Ehren, wir sind unschuldig. Wir wurden Opfer eines Mißgeschicks. Wir ...«
»Sparen Sie sich Ihre Worte, ich bin über alles bestens informiert«, unterbrach ihn der Gorilla barsch. Der kleine Riese befürchtete, daß eine Verteidigung bei diesem Richter sinnlos war.
»Die Beweisaufnahme ist für mich abgeschlossen. Ich gehe gleich zur Urteilsverkündung über«, nuschelte der Gorilla gelangweilt. »Die drei Eindringlinge sind schuldig im Sinne der Anklage«, lautete sein Urteil.
Tim Pim Pa wollte protestieren, wie konnten sie schuldig sein, wenn sie nicht einmal genau wußten, weswegen sie angeklagt waren? Doch der Gorilla war bemüht, den Prozeß schnell zu einem Ende zu bringen, und ließ Tim Pim Pa gar nicht erst zu Wort kommen, sondern fuhr fort: »Sie haben sich des Einbruchs in den Königspalast schuldig gemacht. Darauf steht bei uns eine hohe Strafe. Den Angeklagten werden alle Bürgerrechte aberkannt und sie werden auf dem mor-

gigen Markt als Leibeigene an den Höchstbietenden versteigert. Da niemand Einspruch erhebt, erkläre ich diesen Prozeß für beendet.« Ohne eine weitere Reaktion abzuwarten, machte sich der Gorilla aus dem Staub. Tim Pim Pa war so geschockt, daß er keinen Einspruch erheben konnte. Zusammen mit Lars und Weißkopf wurde er in ein Zimmer geführt, dessen Tür hinter ihnen abgeschlossen wurde. Hier sollten sie bis zur Versteigerung bleiben.

»Na, das sind ja schöne Aussichten«, schimpfte Weißkopf. »Vielen Dank, Herr Verteidiger, für diese hervorragende Verteidigung. Vielen Dank!« Er war zornig. Obwohl er wußte, daß Tim Pim Pa sein Bestes gegeben hatte, versuchte er ihn zu beleidigen. An irgend jemandem mußte er seine Wut auslassen.

Doch Tim Pim Pa beachtete Weißkopf gar nicht. Er war so sehr in Gedanken versunken, daß er gar nicht mitbekam, was um ihn herum vorging. Er, Tim Pim Pa aus einem alten ehrwürdigen Riesengeschlecht, sollte der Sklave eines Affen, Zebras oder Nashorns werden! Das durfte nicht geschehen. So ohne weiteres würde er nicht aufgeben, nur weil ein vertrottelter Gorilla ein unsinniges Urteil gefällt hatte. »Wir müssen hier raus«, sagte er immer wieder vor sich hin.

»Wir wären gar nicht hier, wenn du uns besser verteidigt hättest«, stellte Weißkopf bitter fest.

Lars warf der Eule einen bösen Blick zu. Ihre Lage war schon schlimm genug. Er konnte gut auf Weißkopfs bissige Kommentare verzichten.

Alle drei hockten auf dem Boden und bliesen Trübsal. Lars sah in dem Beutel des Lichtzauberers nach. Viel befand sich nicht mehr in ihm. Aber da war immerhin noch etwas, das ihnen vielleicht weiterhelfen konnte, ein kleines Fläschchen, mit hundertprozentigem Alkohol. Dieses Fläschchen hatte Lars bisher nicht bemerkt, und er lächelte.

»Dir wird das Lachen auch noch vergehen, wenn du im Morgengrauen versteigert wirst«, prophezeite Tim Pim Pa.

»Wenn alles so funktioniert, wie ich mir das denke, werden wir bald allen Grund zum Lachen haben«, antwortete Lars geheimnisvoll. Tim Pim Pa und Weißkopf schauten sich verständnislos an.

Lars wollte nun seinen Plan in die Tat umsetzten. Er hatte beobachtet, daß alle Tiere das Wasser aus einem Brunnen im Innenhof tranken. Der Brunnen war nur wenige Meter von dem Fenster ihres »Gefängnisses« entfernt. Lars schaute aus dem Fenster, vor dem einige Gitterstäbe angebracht waren, und betrachtete sich den Platz genau. Im Moment war niemand zu sehen. Außer den Wachen vor der Gefängnistür schliefen anscheinend alle. Der Augenblick war günstig. Lars öffnete das Fläschchen mit dem hundertprozentigen Alkohol und zielte auf den Brunnen. Als er ihn genau im Visier hatte, warf er das Fläschchen. Es fiel ins Wasser, und der Alkohol vermischte sich mit dem Brunnenwasser. Das hatte hervorragend geklappt. Lars war überzeugt, daß es sich nicht um gewöhnlichen Alkohol handelte, sondern um verzauberten. Auf die Wirkung war er gespannt.

Den Rest der Nacht blieb Lars am Fenster stehen, um den Brunnen zu beobachten. Erst beim Morgengrauen kamen Tiere, um sich den Schlaf aus den Augen zu waschen und ein paar Schluck Wasser zu trinken. Lars merkte, wie sie hin und her wankten, als sie zurück in den Palast gingen. Der Alkohol tat seine Wirkung. Immer mehr Tiere tranken von dem Brunnenwasser. Sogar Seine Majestät der Elefant mit seinem Hofstaat. Nachdem sie einiges von dem alkoholischen Wasser zu sich genommen hatten, tänzelten sie in den Palast zurück. Der riesige Elefant hüpfte von einem Bein auf das andere, wobei es ihm schwer fiel das Gleichgewicht zu halten.

Kurz darauf wankte der Wächter in den Raum hinein, um die drei Freunde zur Versteigerung zu führen. Tim Pim Pa und Weißkopf wunderten sich nicht wenig, als der Wächter über seine eigenen Füße stolperte und zu Boden fiel. Lars dagegen lachte. »Macht mir alles nach und stellt jetzt keine Fragen«, raunte er seinen Freunden zu, als sie ihr Gefängnis verließen.

Im Innenhof des Palastes, in dem die Versteigerung stattfinden sollte, herrschte Volksfeststimmung. Ausgelassen sprangen die Tiere herum. Der Gorilla turnte an einem Ast und stellte halsbrecherische Verrenkungen an.

Tim Pim Pa und Weißkopf fragten sich: Waren alle Tiere über Nacht verrückt geworden, oder waren sie etwa betrunken? Lars hatte zwar erwartet, daß der Alkohol seine Wirkung nicht verfehlen würde, aber ein so extremes Ergebnis übertraf all seine Vorstellungen. Es würde ein leichtes sein, einer Horde betrunkener Tiere zu entkommen. Er zwinkerte den beiden anderen zu. Die wußten zwar nicht, was das zu bedeuten hatte, aber sie zwinkerten zurück.

Alle drei standen auf einem Podest in der Mitte des Platzes. Um sie herum die kreischenden, wild hüpfenden Tiere. »Freunde, warum schreit ihr alle so schreck-

lich? Könnt ihr denn nicht etwas Schönes singen«, fragte Lars. Sofort wurde es still.
»Natürlich können wir singen«, brüllte ein fettes Nashorn zurück.
»Dann beweise es uns«, forderte Lars.
Das Nashorn erhob sich zum Chefdirigent und bestimmte das Lied, das gesungen werden sollte, ein schönes altes Volkslied mit dem Titel »Nehmt Abschied, Tiere«. Schon bei der ersten Strophe rannen den Tieren die Tränen über die Wangen. Sie faßten sich an den Pfoten und Tatzen und schunkelten.
Lars gab seinen Freunden ein Zeichen. Langsam verließen sie das Podest und liefen in Richtung Wald. Die Tiere waren so in ihren Gesang vertieft, daß sie nichts bemerkten. Als die Freunde den Waldrand erreicht hatten, begannen sie zu rennen. Nach einigen Minuten blieben sie stehen, von ferne hörten sie den leisen Gesang der Tiere, die ihre drei Gefangenen vollkommen vergessen hatten.
»Woher wußtest du, daß die Tiere bei der Versteigerung betrunken sein werden?« fragte Weißkopf, der nicht genau verstand, was geschehen war. »Tja, das bleibt mein kleines Geheimnis«, antwortete Lars schmunzelnd. Gern hätte der neugierige Weißkopf mehr gewußt, aber er mußte sich wohl oder übel mit dieser Antwort zufriedengeben.

Das Ende des Zauberspiegels

Die drei Freunde waren der Grenze zwischen Licht- und Schattenreich schon sehr nahe gekommen. Eine Schwierigkeit stand ihnen jedoch noch bevor: Sie mußten auf dem Weg zum großen Spiegel das Gnomenland durchqueren. Die Gnome waren ergebene Diener des Schattenzauberers, furchtbar häßlich und böse wie er. Sie lauerten in dunklen Wäldern Reisenden auf, um sie zu überfallen, und brauten gräßliche Zaubertränke, mit deren Hilfe sie die Freude und das Lachen aus der Welt vertreiben wollten. Allerdings war ihnen das bisher noch nicht gelungen. Im Schattenreich fühlten sie sich wohl. Dort war alles grau und häßlich. Das gefiel ihnen. Und die Bewohner waren alle genauso böse wie sie selbst. Das gefiel ihnen noch viel mehr. Die Gnome waren, kurz gesagt, ganz widerliche Kreaturen, die nur darauf warteten, anderen eine Falle zu stellen und ihnen zu schaden. Es waren boshafte Wesen, denen man am besten aus dem Weg ging.

Weißkopf kannte das Gnomenreich sehr gut. Viele Jahre zuvor war er schon einmal hier gewesen, und seitdem hatte sich nichts verändert. Er wußte, wo sich die Gnome gern aufhielten, kannte die gefährlichen Orte und führte seine Freunde daran vorbei. Daher erreichten sie bald den Zauberspiegel. Unterwegs war ihnen nicht ein Gnom begegnet.
»Ich fliege einmal nach oben, um zu sehen, wie hoch der Spiegel ist«, rief Weißkopf. Er flog hoch und höher, doch das Ende des magischen Spiegels entdeckte er nicht. Mutlos kehrte er zurück. »Er ist unendlich hoch. Wir können unmöglich darübersteigen. Ein Loch ist auch nicht zu sehen«, stellte er fest.
»Keine Sorge. Bestimmt haben wir noch irgend etwas

im Zauberbeutel. Der hat uns bis jetzt immer weitergeholfen«, meinte Lars. Er durchsuchte den Beutel, aber da war nichts mehr. Er drehte ihn um, schüttelte ihn aus. All das nützte nichts. Der Zauberbeutel war leer. »Es war doch noch eine alte Kappe drin«, murmelte Lars. Ob er sie verloren hatte? »So ein Mist«, fluchte er leise. Wütend warf er den Beutel fort.
Er konnte das Lichtreich durch das Glas des Spiegels schon sehen. Nur ein Schritt trennte ihn davon. Nur ein Schritt trennte ihn auch davon, wieder nach Hause nach Norwegen zu kommen. Alle Gefahren hatten sie bestanden, jetzt standen sie vor einem Spiegel und kamen nicht mehr weiter. Jeder Spiegel konnte zerschlagen werden, dieser hier bestimmt auch. Lars zögerte einen Augenblick. Ein zerbrochener Spiegel bedeutete sieben Jahre Pech, überlegte er. Soll er ihn zerschlagen oder nicht? »Das ist doch alles nur Aberglaube. Kein Wort davon ist wahr«, sprach er sich selbst Mut zu. Er holte mit dem Bein aus und trat mit voller Kraft gegen den Spiegel. Es tat sich nichts. »Los, helft mir!« forderte er seine Freunde auf. Weißkopf und Tim Pim Pa versuchten ebenfalls mit aller Kraft, den Spiegel zu zerbrechen. Doch alle Bemühungen blieben umsonst. Der Spiegel war hart wie Stahl.

Die Anstrengungen der drei Freunde blieben nicht unbemerkt. Der Lichtzauberer stand auf dem Turm seines Schlosses und beobachtete den Himmel. Dabei stellte er folgende Überlegungen an: Die Bewölkung, die vorübergehend aufgelockert war, nahm wieder zu. Der Schattenzauberer und die Wetterhexe hatten anscheinend einen stärkeren Zauberspruch gefunden. Auch das Buch mit Wetterzaubersprüchen konnte ihm nicht mehr weiterhelfen. Die Sprüche, die er benötigte, waren verschwunden. Bestimmt steckte sein Bruder dahinter. Er hatte jedenfalls sein Möglichstes getan. Ohne die zweite Hälfte des Amuletts war er machtlos. Hoffentlich hatten seine drei Verbündeten Erfolg gehabt. Plötzlich hörte er laute Schläge durch das ganze Land hallen. Sofort wußte er, was das zu bedeuten hatte. Irgend jemand machte sich am Zauberspiegel zu schaffen. Besorgt eilte der Lichtzauberer in seine Küche. Dort stand die magische Kristallkugel inmitten einer unbeschreiblichen Unordnung. Der Zauberer streute Zauberstaub über die Kugel und machte mit den Händen einige beschwörende Bewegungen. Die Kugel begann zu leuchten. Erst rot, dann blau, dann grün. Schließlich zeigte sich, zunächst noch verschwommen, ein Bild in der Kugel. Es wurde immer klarer, und als die letzten Schatten verschwanden, erkannte der Lichtzauberer Lars, Tim Pim Pa und Weißkopf. »Er hat das Amulett!« rief er außer sich vor Freude, als er es um Weißkopfs Hals gebunden sah. Aber er erkannte auch, in welchen Schwierigkeiten die drei steckten. Wenn er die Donnerschläge gehört hatte, dann hatte sie sein böser Bruder ebenfalls gehört. Bestimmt würde der versuchen, die Freunde daran zu hindern, den Spiegel zu überwinden. Der Lichtzauberer machte sich Vorwürfe. Er hätte die drei Freunde vor dem Zauberspiegel warnen müssen. Auch wenn sie noch so fest dagegen traten, ging er nicht entzwei, und sie konnten nicht das geringste Geräusch hören. Aber alle anderen Bewohner der beiden Länder wurden durch diese Donnerschläge darauf aufmerksam, daß jemand den Spiegel zerstören wollte. Auf jeden Fall waren sie in großer Gefahr, und der Zauberer wollte ihnen helfen. Er fragte sich, wo

Lars die Kappe hatte. Mit ihrer Hilfe konnte man nämlich mühelos durch den Spiegel gehen. Er befragte die Kugel, und die zeigte ihm, daß die Kappe an einem dürren Ästchen in einem Wald hing. Dort konnte sie Lars nicht helfen. Der Zauberer wollte sich etwas anderes überlegen.

Auch der Schattenzauberer hatte die Donnerschläge gehört und seine Zauberkugel befragt. »Das sind die drei, die aus meinem Gefängnis ausgebrochen sind«, stellte Leopoldine Donnerblitz aufgeregt fest.

»Sie sind keine Gefahr für uns. Das Problem werde ich gleich beseitigen«, meinte der Zauberer, und ein boshaftes Lächeln verzerrte sein Gesicht. Er wollte irgend etwas holen. Plötzlich blieb er wie angewurzelt stehen.

»Hast du die Amulethälfte, die um meinen Hals hing, genommen, Leopoldinchen?« säuselte er mit einem drohenden Unterton.

»Nein, wieso sollte ich?« fragte die Wetterhexe zurück und setzte ihre unschuldigste Miene auf.

»Wer zum Teufel hat sie dann genommen?« fluchte der Zauberer. Dabei fiel sein Blick auf die Zauberkugel, die gerade zeigte, wie Weißkopf mit seinem spitzen Schnabel gegen den Spiegel hackte. »Siehst du auch, was ich sehe?« fragte der Zauberer entsetzt. Er ließ sich in einen Sessel fallen und beobachtete fassungslos Weißkopf in seiner Zauberkugel.

»Warum regst du dich so auf? Das ist nur ein dummer, alter Vogel. Mehr nicht.«

»Er hat mein Amulett. Dieses ausgestopfte Scheusal hat mein Amulett!« brüllte der Schattenzauberer.

»Na und, dann hol es dir doch zurück«, sagte Leopoldine, die die Aufregung des Zauberers nicht begriff.

Schließlich wußte sie nichts von der Bedeutung des Amuletts.
»Ich hole es mir zurück. Darauf kannst du dich verlassen«, antwortete der Schattenzauberer mit entschlossenem Gesichtsausdruck.

Die drei Freunde ahnten nicht, daß das ganze Land durch ihre Tritte und Schläge in Aufruhr versetzt worden war. Auch die Bewohner der entferntesten Wälder hatten die lauten Donnerschläge gehört. Alles war in Aufregung versetzt worden. Wagte es da tatsächlich einer, den magischen Spiegel einzureißen? Die einen drückten die Daumen, daß es gelang, die anderen überlegten, wie sie es verhindern konnten.
Nach einem letzten Tritt ließ sich Lars erschöpft zu Boden fallen. »Es hat keinen Sinn«, sagte er, »der Spiegel ist verzaubert. Wir können ihn nicht beschädigen. Jetzt kann uns nur noch der Lichtzauberer helfen, sonst sind wir für ewig in diesem schrecklichen Land gefangen.«
»Laß den Kopf nicht hängen. Uns wird schon noch etwas einfallen. Wir lassen uns doch nicht von einem lächerlichen Spiegel aufhalten«, versuchte Tim Pim Pa ihn aufzumuntern, obwohl er selbst nur schwer an seine eigenen Worte glauben konnte.
Lange Zeit saßen die drei am Boden und beobachteten die dichten grauen Wolken. Sie ahnten nicht, daß nur wenige Meter hinter ihnen im Gebüsch einige sehr gefährliche Wesen lauerten und sie beobachteten.

Der Lichtzauberer stand wieder auf dem Turm seines Schlosses, beobachtete aber diesmal nicht die Wolken, obwohl diese bedrohlich dicht wurden, sondern hielt Ausschau nach zwei guten Freunden, mit deren Hilfe er Lars und seine Gefährten in das Lichtreich zurückbringen wollte. Mit seiner magischen Zauberkugel hatte er eine Nachricht an die Lichtfee Zipidi Magicabu geschickt. Zipidi war eine sehr gute Freundin des alten Zauberers, die ihm schon oft geholfen hatte. Die beiden kannten sich seit ihrer Jugend. Im Lichtreich ging das Gerücht um, daß sie einmal ineinander verliebt gewesen waren.

Zipidi war eine kleine, zierliche alte Dame. Ihre Haare waren schon vor Jahrzehnten ergraut. Da sie jedoch die graue Farbe nicht leiden konnte, entwickelte sie ein spezielles Mittelchen, das ihre Haare golden färbte. Auch sonst konnte man sie nicht gerade farblos nennen. Sie liebte wallende Gewänder, die in hellen Farben leuchteten. Das auffälligste an Zipidi waren jedoch ihre großen lilafarbenen Augen, mit denen sie jeden bezaubern konnte. Obwohl sie mindestens zweihundert Jahre alt war, keiner wußte ihr genaues Alter, wirkte sie wie eine junge Frau. Doch wenn sie wollte, konnte sie sich innerhalb von Sekunden in eine boshafte häßliche Hexe verwandeln. Allerdings tat sie das nur, um andere zu erschrecken. Danach tat ihr das meistens leid und sie schenkte ihren Opfern ihre legendären selbstgebackenen Honigplätzchen.

Zipidi Magicabu wohnte in einem herrlichen gläsernen Schloß im Feengebirge, umgeben von einem der schönsten Gärten des Lichtreichs. Nicht weit davon entfernt lebte Kalipur, der Lichtdrache, ein entfernter Vetter von Aschenschlund, dem gefürchteten Schattendrachen. Aschenschlund war bitterböse und entsetzlich häßlich und Kalipur das genaue Gegenteil. Er hätte keiner Fliege etwas zuleide tun können. Noch nie in seinem Leben hatte er Fleisch gegessen, von Menschen ganz zu schweigen. Er war Vegetarier und der beste Freund aller Wanderer, die durch das Feengebirge kamen. Sein seidiges Fell schimmerte rosarot. Wanderer bildeten sich oft ein, sich in Kalipurs glänzendem Fell zu spiegeln. Von Zeit zu Zeit machte Kalipur Rundflüge über das Feengebirge. Jeder bewunderte dabei seine Schönheit und Eleganz.

Nachdem die Fee Zipidi Magicabu die Nachricht erhalten hatte, eilte sie zu Kalipur und sagte: »Du mußt mich ins Schloß des Lichtzauberers bringen. Es ist sehr wichtig.« Kalipur wollte zwar gerade sein Mittagsschläfchen halten, aber er konnte der Fee die Bitte nicht abschlagen.

Die Fee setzte sich auf Kalipurs Rücken, und dann flogen sie in atemberaubender Geschwindigkeit über Berge und Täler, Wiesen und Seen dem Zauberschloß entgegen. Schon von weitem sahen sie den alten Zauberer auf den Zinnen stehen. Zipidi winkte ihm zu. Als sie gelandet waren und die Fee auf den alten Mann zuging, erschrak sie. Der Lichtzauberer wirkte krank und erschöpft. »Wie geht es dir?« fragte sie besorgt.

»Nicht gut, aber das spielt im Moment keine Rolle«, antwortete der Zauberer. »Wie du weißt, habe ich drei Verbündete ins Schattenreich gesandt, um meinem Bruder das goldene Amulett zu stehlen. Mit dessen Hilfe können wir unser Land vielleicht noch retten. Es ist ihnen gelungen, das Amulett zu entwenden, aber sie können den Zauberspiegel nicht überwinden. Sie haben die Zauberkappe, die ich ihnen mitgegeben habe, verloren. Ich brauche deine Hilfe, um sie ins Lichtreich zurückzuholen, bevor mein Bruder sie aufhalten kann.«

»Jetzt weiß ich auch, was die Donnerschläge zu bedeuten hatten, die ich gehört habe«, murmelte die Fee.

»Ich wüßte da schon etwas, was wir tun könnten, aber das ist gefährlich. Nein, es ist zu gefährlich. Es hat keinen Sinn, diesen Plan auszuführen.« Sie schüttelte den Kopf und schien ihren Gedanken beiseite zu wischen.
»Es geht um unser Land, unser wunderschönes Lichtreich«, betonte der alte Zauberer. »Keine Gefahr kann uns dafür zu groß sein. Sag mir deinen Plan, bitte.«
Zipidi Magicabu zögerte. Doch dann gab sie ihrem Herzen einen Stoß und berichtete dem Zauberer, was sie sich überlegt hatte: »Dein Bruder ist immer noch auf dich wütend, weil du vor über einem Jahrhundert den Wettstreit gewonnen hast. Wie wäre es, wenn ihr jetzt noch einmal ein Duell veranstalten würdet. Ihr hättet beide die gleiche Chance auf den Sieg. Entweder gewinnst du oder er. Es ist ein großes Risiko, mit dem Spiegelland als Einsatz. Aber immerhin hätten wir so die Möglichkeit, das gesamte Spiegelland wieder zu vereinigen und zu dem zu machen, was es einmal war. Wenn du dich nicht mit deinem Bruder duellierst, können wir nur warten, bis er das Lichtreich zerstört. Wir können ihn ohne das Amulett nicht aufhalten. Sein Zauber ist stärker als unser Zauber, weil er die Wetterzauberformeln hat und wir nicht. Was hältst du von meinem Plan?«
Der alte Zauberer saß zusammengesunken in seinem Stuhl. Er wußte sehr gut, daß er keine Wahl hatte. Aber er fühlte sich müde. Sein Bruder war hinterhältig und gerissen. Er würde ihm Fallen stellen, mit unfairen Mitteln kämpfen und ihn betrügen, wo es nur ging. Schon seit langem wußte er, daß ein weiterer Wettkampf die einzige Möglichkeit war, das Lichtreich zu retten. Vielleicht konnte das Spiegelland sogar wieder vereinigt werden. »Ich werde den Kampf mit ihm noch

einmal aufnehmen. Aber du mußt mir helfen. Ohne dich schaffe ich das nicht«, sagte er schwach.
Zipidi legte ihre Hand auf seine Schulter. »Gemeinsam werden wir es schaffen«, flüsterte sie und lächelte.
Der Zauberer, der gerade noch kraftlos in seinem Sessel gekauert hatte, riß sich plötzlich zusammen, sprang auf und verkündete mit fester Stimme: »Einverstanden, ich werde diesen Kampf bestreiten, und wenn es das letzte ist, was ich in meinem Leben mache. Mein Bruder war schon immer ein Scharlatan. Es dürfte mir nicht schwerfallen, ihn zu besiegen.«
»So gefällst du mir schon besser«, meinte Zipidi.
Gemeinsam gingen sie zur magischen Zauberkugel. Der Lichtzauberer nahm aus einem Beutel Zauberstaub und streute ihn über die Kugel. Wieder begann sie zu funkeln und zu glühen, bis das Gesicht des Schattenzauberers erschien.
Der war sichtlich überrascht, seinen Bruder zu sehen.
»Was willst du von mir?« fauchte er.
»Ich möchte mich mit dir noch einmal duellieren. Ich biete dir die Chance, vielleicht doch noch Sieger in unserem Streit zu werden, indem wir unsere Kräfte messen wie damals«, antwortete der Lichtzauberer und betonte dabei jedes Wort.
»Warum sollte ich das tun? Nach über hundert Jahren?« fragte der Schattenzauberer. Aber seine Neugierde war bereits geweckt worden.
»Der Einsatz unseres Wettkampfes ist hoch«, versuchte sein Bruder ihn zu locken. »sollte ich gewinnen, werde ich der Herrscher des gesamten Spiegelreichs. Solltest du gewinnen, geht mein Lichtreich in deinen Besitz über. Dir wird dann das ganze Reich gehören, und du kannst damit machen, was du willst. Keiner wird sich

dir entgegenstellen. Das war es doch, was du immer wolltest.«
Der Schattenzauberer überlegte einige Zeit. Dann verzog sich sein Gesicht wieder zu einem gemeinen Grinsen, und er sagte: »Du bist alt geworden, lieber Bruder. Ich glaube kaum, daß du mich noch besiegen kannst. Dein Angebot ist dumm. Du machst es mir wirklich sehr leicht. Ich bin einverstanden. Wir werden uns duellieren. Gegen einen alten, schwachen Mann werde ich gewinnen.«
Der Lichtzauberer ärgerte sich. »Erinnere dich, daß wir gleich alt sind. Auch du siehst nicht mehr aus wie vor hundert Jahren«, entgegnete er spitz.
Damit hatte er zweifelsohne recht. Trotzdem ärgerte sich der Schattenzauberer. Er war eitel und wollte gern noch jung wirken. Doch ein Mittel für die ewige Jugend hatte selbst er noch nicht gefunden. Auch wenn er den Wettkampf gewinnen würde, blieben ihm mit viel Glück nur noch einige Jahrzehnte bis zu seinem Tod. Er war immerhin 212 Jahre alt. Da mußte er jedes Jahr mit dem Schlimmsten rechnen. Er war so in seine Gedanken versunken, daß er zusammenzuckte, als er die Stimme seines Bruders vernahm: »He, hörst du mich. Der Kalk in deinem Gehirn hat sich anscheinend auch in deinen Ohren abgesetzt. Du bist ja schon fast taub.«
»Taub«, entgegnete der Schattenzauberer, »ich bin nicht taub. Wenn ich wollte, könnte ich noch das Gras wachsen hören. Aber lassen wir das jetzt. Was willst du noch von mir? Es muß doch einen Grund haben, daß du einen neuen Wettkampf forderst.«
»Was für eine dumme Frage«, schnaubte der Lichtzauberer zurück. »Wenn wir uns duellieren wollen, dann

muß der Spiegel verschwinden. Sonst können wir uns nicht treffen. Falls du dich noch daran erinnerst, können wir ihn nur gemeinsam beseitigen.«
Daran hatte der Schattenzauberer in der Tat nicht gedacht. Aber das wollte er sich natürlich nicht eingestehen und antwortete deshalb: »Natürlich weiß ich das. Du mußt mich wirklich für sehr vergeßlich halten. Doch ich bin sicher, daß du die Zauberformel, die den Spiegel zum Einstürzen bringt, nicht mehr weißt.« Dabei grinste er, denn er wußte die Formel selbst nicht mehr und wollte sie deshalb von seinem Bruder hören. Der wußte sie allerdings auch nicht mehr und log: »Natürlich weiß ich die Formel.«
»Dann sag sie mir doch.«
»Ich vermute, du weißt sie nicht mehr und willst sie von mir hören. Aber ich werde sie dir nicht verraten.«
»Ich weiß die Formel noch, als hätte ich sie gestern das letzte Mal aufgesagt. Du hast sie vergessen und willst es nicht zugeben. Du bist wirklich sehr alt geworden, liebster Bruder.«
In diesem Streitgespräch wollte keiner seine Schwäche zugeben. Doch nach fünf Minuten brüllten beide wie aus einem Mund: »Gut, ich gebe zu, daß ich die Formel vergessen habe. Bist du jetzt zufrieden.« Beide waren verdutzt. Die Situation war peinlich und komisch zugleich. Nur schwer gelang es den Brüdern, sich ein Lachen zu verkneifen. »Ich hole mein Zauberbuch«, erklärte der Lichtzauberer und machte sich auf die Suche. »Das mache ich auch«, antwortete sein Bruder und verschwand ebenfalls, hinter einem Bücherregal. »Wo ist nur diese verdammte Zauberformel?« schnaubte er. Die Wetterhexe lächelte. »Beruhige dich erst einmal. So aufgeregt, wie du jetzt bist, findest du deine Formel

bestimmt nicht«, sagte sie. Der Zauberer schaute sie böse an und suchte weiter. Schließlich fand er die Formel unter einem Stoß vergilbter Kochrezepte. »Warum nur hebt man diesen ganzen Mist auf?« jammerte er, als er die Unordnung sah, die er angerichtet hatte. Er hatte sämtliche Schubladen aus den Schränken gerissen. Der Schattenzauberer nahm sich vor, alles einmal gründlich aufzuräumen, wenn er seinen Bruder besiegt hatte. Daß er der Gewinner des Wettkampfes sein würde stand für ihn fest.

Auch der Lichtzauberer fand unter lautem Fluchen und Zetern seine Formel. Die beiden Brüder waren sich bei aller Verschiedenheit in einigen Dingen doch sehr ähnlich. Zumindest waren sie beide unordentlich. »Wie geht es jetzt weiter?« fragte der Lichtzauberer, der zwar die Formel hatte, aber nicht wußte, was er damit anfangen konnte. Der Spiegel stand schon seit über hundert Jahren. Das war eine lange Zeit. Von einem alten Mann konnte man nicht erwarten, daß er sich noch an alles erinnerte.

»Wir müssen einen Zaubertrank brauen«, erklärte der Schattenzauberer und setzte seine Lesebrille auf. »Moment. Hier steht es! Man nehme eine halbe Mistmuschel, fünf Haare von einem Riesen, zwei Salamanderaugen, schwarzes Blut von einem Giftzwerg, einen Fingernagel von einer Schreckschraube und einen Liter Vogelbeerensaft und bringe diese Zutaten unter Rühren zum Kochen. Hast du alles verstanden, ›Brüderchen‹?«

»Ja«, antwortete der Lichtzauberer knapp. Die Fee Zipidi Magicabu hatte alles mitgeschrieben. Gemeinsam machten sie sich auf die Suche nach den Zutaten. Schon lange hatte der Lichtzauberer keinen Zaubertrank mehr

zusammengemixt. Aber die Zutaten hatte er noch alle im Haus – bis auf das schwarze Blut von einem Giftzwerg.
»Ich habe nur grünes Blut von einem Giftzwerg. Was soll ich jetzt machen?« fragte der Lichtzauberer seinen Bruder.
»Das geht bestimmt auch«, meinte der Schattenzauberer. »Mir fehlt der Schreckschraubenfingernagel. So wichtig wird das nicht sein. Lassen wir ihn einfach weg.«
»Auf deine Verantwortung«, sagte der Lichtzauberer, der Böses ahnte. Irgendein großer Zauberer hatte sich die Zutaten einmal genau überlegt. Es konnte Schlimmes geschehen, wenn man etwas an einer Zauberformel änderte. Aber wo sollte er die fehlenden Zutaten hernehmen? Ihm blieb nichts anderes übrig, als auf den Vorschlag seines Bruders einzugehen.
»Wenn der Trank kocht, gibt man einen Teelöffel rotes Öl dazu, rührt viermal linksherum um und streut Zauberstaub über das Gemisch«, las der Schattenzauberer vor. Die beiden alten Zauberer befolgten die Anweisungen zur gleichen Zeit. Als sie den Zauberstaub in die übelriechende Flüssigkeit streuten, schäumte das Gebräu auf. Es zischte, brodelte, und eine Qualmwolke stieg auf. Die ekelhafte Flüssigkeit veränderte ständig ihre Farbe. Rot, Gelb, Blau, Grün. Am Ende sah sie schwefelgelb aus. Beide Zauberer ekelten sich vor dem Gebräu.
»Was müssen wir jetzt tun?« fragte der Lichtzauberer.
Sein Bruder setzte wieder die Lesebrille auf. »Trinken Sie ein Glas des Zaubertranks und sprechen Sie folgende Formel ... Verdammt, ich kann die Formel nicht lesen, da ist ein schwarzer Schimmelfleck auf meinem Papier!« brüllte der Schattenzauberer wütend.

»Das macht nichts. Ich kann den Zauberspruch auf meinem Blatt lesen«, beruhigte ihn der Lichtzauberer, der sich allerdings schwertat, die alten verblichenen Zeichen, die er selbst vor über einem Jahrhundert geschrieben hatte, zu lesen. Langsam sagte er:
»Fideldidi und Fideldibum,
der Trank haut alle Menschen um!
Faderal und Faderadei,
auch den Zauberspiegel bricht er entzwei!
Wir müssen das Glas mit dem Zaubertrunk in drei Raten austrinken und dazwischen den Zauberspruch sagen.«
Die Zauberer sahen sich ihr Gemisch an. Es sah so ekelhaft aus, daß es große Überwindung kostete, auch nur einen Schluck davon zu trinken. Der Beruf eines Zauberers erforderte manchmal große Opfer. In solchen Momenten bereuten beide, daß sie diesen Beruf ergriffen hatten. Aber da mußten sie wohl oder übel durch. Mutig ergriffen sie ein Glas und füllten es mit dem stinkenden Trank. Gemeinsam sprachen sie die Beschwörungsformel:
»Fideldidi und Fideldibum,
der Trank haut alle Menschen um!
Faderal und Faderadei,
auch den Zauberspiegel bricht er entzwei!«
Dann tranken sie einen Schluck. Das Gebräu war so scharf, daß ihnen die Stimme wegblieb. Qualm drang aus ihrem Mund, und sie sahen tausend Sterne. Ein zweites Mal sprachen sie die Beschwörungsformel, und ein zweites Mal tranken sie aus dem Glas. Jetzt begann sich alles um sie zu drehen, und ihnen wurde schlecht. Trotzdem sprachen oder besser lallten sie ein drittes Mal die Formel und tranken mit einem Schluck das Glas aus. Danach ließen sie sich in ihre Sessel fallen.

Sie fühlten sich schrecklich elend und meinten, daß ihr letztes Stündlein geschlagen habe.

Die Wetterhexe und die Lichtfee hatten dem ganzen Schauspiel besorgt zugesehen und versuchten jetzt, den beiden Zauberern beizustehen. Nachdem diese ihren letzten Schluck getrunken hatten, stiegen aus den Kesseln zwei unheimliche Geister auf, verschwanden zu den Fenstern hinaus und trafen sich am Zauberspiegel. Sie berührten eine Stelle, und dort begann der Spiegel zu schmelzen. Andere Stellen folgten. Die Flüssigkeit tropfte auf den Boden und bildete eine Mauer. Eigentlich hätte der Spiegel sich spurlos auflösen müssen, aber da die Zauberer es nicht so genau mit den Zutaten genommen hatten, entstand statt des Spiegels eine Mauer. Die war allerdings ziemlich niedrig, so daß man sie leicht überwinden konnte. Die beiden Geister reichten sich die Hände und waren von einem Augenblick auf den nächsten verschwunden.

Lars und seine Freunde, die noch immer vor dem Spiegel saßen und verzweifelt überlegten, wie sie ins Lichtreich gelangen konnten, erschraken, als sich der Spiegel plötzlich auflöste. Sie traten einige Schritte zurück und beobachteten das wunderbare Schauspiel.
»Das war bestimmt der Lichtzauberer«, rief Lars begeistert. »Er ist uns doch noch zu Hilfe gekommen.«
Als der Spiegel völlig geschmolzen war, sahen sie die niedrige Mauer.
»Schnell, springen wir drüber«, rief Tim Pim Pa, nahm Anlauf und war auch schon auf der anderen Seite. Lars hatte auch keine Schwierigkeiten, und Weißkopf hatte es wie so oft am leichtesten.

Endlich waren die drei Freunde wieder im Lichtreich, in der Freiheit. Sie wußten nicht, was sich inzwischen ereignet hatte, und wollten so schnell wie möglich zum Schloß des Zauberers gelangen. Die Gestalten, die hinter Lars und seinen Freunden im Gebüsch gesessen hatten, waren geflüchtet, als sie sahen, wie der Spiegel in sich zusammenstürzte. Es waren die Gnome, und sie führten nichts Gutes im Schilde. Jetzt, nachdem der Spiegel verschwunden war, hatten sie endlich die Gelegenheit, auch die Bewohner der anderen Seite des Spiegellandes zu ärgern. Die wollten sie nicht ungenützt verstreichen lassen, und sie beschlossen nach anfänglichem Zögern, in das neue Land einzudringen.

Der Lichtzauberer, der sich wieder einigermaßen erholt hatte, ließ Kalipur, den Lichtdrachen, rufen. Er sollte Lars, Tim Pim Pa und Weißkopf so schnell wie möglich zu ihm bringen. Die drei waren nicht schlecht erstaunt, als der große Drache auf sie zuflog und vor ihnen landete. »Steigt auf, ich bringe euch zum Lichtzauberer«, forderte er sie auf. Das ließen sie sich nicht zweimal sagen. Seit Stunden waren sie auf den Beinen, und sie waren müde von den Anstrengungen der vergangenen Tage. Außerdem wollten sie so schnell wie möglich zum Zauberer, um zu erfahren, was mit dem Spiegel geschehen war.
Die Lichtfee hatte ihrem alten Freund einen kleinen Erfrischungstrank gebraut, der ihm wieder neue Kraft geben sollte. Dieser Trank war berühmt, denn er hatte noch nie seine Wirkung verfehlt. Und tatsächlich fühlte sich der Lichtzauberer innerhalb weniger Minuten jung und stark. Er hätte Bäume ausreißen und die ganze Welt erobern können. Wie ein junger Mann sprang er

die Treppenstufen zum Turm hinauf. Er wollte sehen, wie der Lichtdrache landete, um dann das Amulett eigenhändig in Empfang zu nehmen.
Der Lichtzauberer freute sich sehr, als er sah, daß Lars und seine Freunde gesund waren. »Wie schön, daß ihr wieder hier seid«, rief er aus. »Ihr habt meinem Bruder das Amulett abnehmen können wie ich sehe.« Noch bevor sie irgend etwas antworten konnten, riß er Weißkopf die Amuletthälfte vom Hals und ging dabei so hastig vor, daß er dem armen Vogel gleich einige Federn mit ausriß. Wütend krächzte Weißkopf: »Ist das der Dank dafür, daß man sich in Gefahren begibt? He, Zauberer, du solltest einmal Benehmen lernen.«
Doch der Zauberer war so begeistert, daß er alles um sich herum vergaß. Erregt kramte er den zweiten Teil des Amuletts aus seiner Manteltasche.
»Auf diesen Augenblick habe ich lange gewartet«, flüsterte er, während er die beiden Teile über seinen Kopf hielt und langsam zusammen fügte. Das Amulett leuchtete einen winzigen Moment grellrot auf, dann waren die beiden Teile wieder fest miteinander verbunden, als wären sie nie getrennt worden. »Mögen sie für alle Ewigkeit miteinander verbunden sein«, sagte der Zauberer.

In dem Moment, als der Lichtzauberer das Amulett zusammenfügte, riß die dichte Wolkendecke über dem Spiegelland auf. Seit vielen Jahrzehnten zum ersten Mal bahnte sich die Sonne auch im Schattenland ihren Weg durch die Wolken und war nicht mehr aufzuhalten.
Der Schattenzauberer war außer sich. »Was ist hier los?« brüllte er die Wetterhexe an, weil er dachte, sie wäre an allem schuld.

»Ich habe damit nichts zu tun. Ich kann das selbst nicht verstehen«, antwortete sie. »Das Amulett!« sagte der Schattenzauber und stürmte zu seiner Zauberkugel. »Zeige dich, du mieser, hinterhältiger alter Mann!« Als das Gesicht des Lichtzauberers in der Zauberkugel erschien, tobte er weiter. »Du hast mich ausgetrickst. Du wolltest mich ablenken, damit deine kleinen Diebe dir das Amulett zurückbringen konnten. Gut, du hast das erste Spiel gewonnen. Aber der Kampf ist noch nicht zu Ende. Er hat gerade erst begonnen. Wann und wo soll unser Zweikampf beginnen?«

Der Lichtzauberer überlegte einen Augenblick. Gern hätte er das Duell aufgeschoben, aber er wußte, daß er nur vor einer endgültigen Entscheidung davonlaufen würde. »Bringen wir die Angelegenheit so schnell wie möglich hinter uns. Was hältst du von morgen bei Sonnenaufgang?« schlug er vor.

Der Schattenzauberer fühlte sich überrumpelt. Er hatte nicht damit gerechnet, daß das Duell so bald stattfinden sollte. Aber wenn er jetzt auf einem späteren Zeitpunkt bestehen würde, würde es so aussehen, als wolle er sich vor einer Entscheidung drücken. Diesen Verdacht wollte er gar nicht erst aufkommen lassen, daher antwortete er spontan: »Morgen früh. Damit bin ich einverstanden. Du kannst es wohl gar nicht abwarten, dein Land zu verlieren. Bei Sonnenaufgang. Ich schlage vor, wir treffen uns dort, wo früher das goldene Tor stand, das die Grenze unserer Länder bildete. Wir befinden uns somit auf neutralem Gebiet.«

Der Lichtzauberer nickte.

»Gut«, fuhr der Schattenzauberer fort, »dann wünsche ich dir noch ein paar schöne Stunden in deinem Schloß. Morgen werde ich der Besitzer sein, und du

bist dann endgültig am Ende, alter Mann. Ha, ha!«
Dem Lichtzauberer klang das schreckliche Lachen seines Bruders noch lange in den Ohren. Plötzlich erblickte er Lars, der vor ihm stand. »Was willst du?« fragte er.
»Ich möchte nach Hause, nach Norwegen«, antwortete Lars.
»Dazu habe ich jetzt keine Zeit. Morgen, nach dem Duell mit meinem Bruder, kann ich dir vielleicht helfen«, antwortete der Zauberer.
»Aber du hast es mir versprochen, Zauberer«, rief Lars verzweifelt. »Ich habe mein Wort gehalten und dir das Amulett beschafft. Nun halte du dein Wort und bringe mich zurück nach Norwegen.«
»Ich sagte doch bereits, daß ich keine Zeit habe. Morgen, ja morgen schicke ich dich zurück. Und jetzt laß mich allein«, antwortete der Zauberer geistesabwesend.
Lars merkte, daß er jetzt nicht viel erreichen konnte und beschloß, später noch einmal sein Glück zu versuchen.

Bis zum Duell blieben den beiden Zauberern noch siebzehn Stunden. An Schlaf war nicht zu denken. Sie wollten die Zeit nutzen, um sich vorzubereiten, das hieß, alte Zauberbücher studieren, Zaubertränke brauen und vor allem die Zaubertasche packen. Da hinein kamen alle Geräte, Tinkturen, Bücher usw., die sie für den morgigen Tag benötigten.
Auch die Wetterhexe und die Lichtfee bereiteten sich auf den Kampf vor, wenn auch aus unterschiedlichen Gründen. Leopoldine Donnerblitz erhoffte sich noch mehr Macht und Einfluß, wenn der Schattenzauberer das ganze Land regieren würde. Zipidi Magicabu tat es

aus Liebe zu ihrem guten alten Freund. Beide wollten helfen, so gut sie konnten. Und wenn sie zu etwas unfairen Mitteln greifen mußten, so war es ihnen gleichgültig. Hauptsache, ihr Favorit würde gewinnen.

Während sich die Zauberer auf den großen Kampf vorbereiteten und Lars sich mit seinen Freunden von den Strapazen seiner Reise ausruhte, geschah im Schattenreich etwas Merkwürdiges. Die Sonne hatte inzwischen alle Wolken verdrängt und schien zum ersten Mal seit über hundert Jahren auf das Land. Der graue Staub, der sich in all den Jahrzehnten auf die Pflanzen und die Bewohner der Landes gelegt hatte, löste sich langsam auf. Das Land begann schon nach kurzer Zeit, im alten Glanz zu strahlen. Und mit der Sonne kam auch die gute Laune der Bewohner des Schattenreichs zurück. Vereinzelt konnte man sogar ein Lachen hören. Das war schon sehr bemerkenswert. Alle waren zufrieden und glücklich. Der Schattenzauberer selbst mußte sich nach einem Blick aus dem Fenster eingestehen, daß sein Land in voller Farbenpracht eigentlich viel besser aussah. Ein Lied pfeifend, machte er sich an die Arbeit. Nur die Gnome waren wütend. Ihnen hatte die graue Farbe sehr gut gefallen. Und die wollten sie wieder zurück haben. Sie beschlossen, in das Lichtreich einzufallen und den Lichtzauberer zu zwingen, den Spiegel wiederherzustellen.
Die Planung des Gnomenfeldzugs übernahm Generalfeldmarschall von Warzenburg. Er war erheblich größer als die meisten anderen Gnome, trug eine mit vielen Orden geschmückte Uniform und einen Pickelhelm. Er war der große Held der letzten Gnomenkriege. Kriege sind bei den Gnomen nichts Außergewöhnli-

ches. Es macht ihnen großen Spaß, Schlachten zu schlagen und Intrigen zu spinnen. Beim nichtigsten Grund erklären sie anderen Völkern den Krieg. Und wenn sich gerade kein Feind finden läßt, bekriegen sie sich untereinander. So kommt es, daß jedes Jahr mindestens ein Gnomenkrieg stattfindet. An der Spitze dieser Kriege stand seit Jahren der gefürchtete Generalfeldmarschall von Warzenburg. Er war besonders gerissen und hinterhältig. Über seine linke Gesichtshälfte verlief eine große Narbe, die er sich vor Jahren in einem Kampf zugezogen hatte. Sein eines Auge befand sich unter einer Augenklappe, das andere funkelte boshaft gelb. Sein Gesicht war hellgrün. Wenn er sich aufregte, lief es dunkelgrün an und machte ihn noch furchterregender. Offiziell war zwar Hingard II der König der Gnome, doch jeder wußte, daß der Generalfeldmarschall die Fäden im Hintergrund zog. Er war der mächtigste Mann im Gnomenreich. Er bestimmte, was gemacht wurde.

Generalfeldmarschall von Warzenburg hatte beschlossen, in das Lichtreich in einer Nacht-und-Nebel-Aktion einzufallen. Sie wollten das Schloß umzingeln und den Zauberer zum Gefangenen in seinen eigenen vier Wänden machen. Wenn sie den Plan soweit in die Tat umgesetzt hatten, würden sie den Schattenzauberer informieren. Vorher sollte er jedoch nichts erfahren. Alles sollte so schnell geschehen, daß die Feinde im Lichtreich gar keine Möglichkeit hätten, sich zu verteidigen. Aber es gab eine Schwierigkeit: Um auf dem schnellsten Weg zum Zauberschloß zu gelangen, mußten sie das Zwergenland durchqueren. Die Zwerge waren für ihre Vorsicht bekannt und hatten in ihren Wäldern Fallen gebaut, um Eindringlinge abzuhalten. Sie hatten

immer mit der Möglichkeit gerechnet, daß eines Tages der Spiegel nicht mehr stehen würde und die Gnome dann etwas Böses im Schild führen würden. Jetzt war der Fall eingetreten, und sie waren davon überzeugt, daß die Gnome etwas planten.
Der Zwergenkönig hatte an allen wichtigen Plätzen Wachen aufstellen lassen und Späher in das Gnomenreich geschickt. Gegen Abend kamen die Späher zurück und meldeten, daß sich etwas Merkwürdiges im Gnomenreich tue. Alle Gnome seien zu einer Versammlung gekommen. Sie hätten Waffen bei sich, Speere, Dolche, Stöcke und Steine. Es sähe so aus, als würden sie noch in der folgenden Nacht ins Lichtreich einfallen wollen.
Der Zwergenkönig hörte diese Nachricht nicht gern, aber er wollte für alle Fälle gerüstet sein. Er gab Befehl an seine Zwerge, wachsam zu sein und jede auffällige Bewegung in der Nacht weiterzumelden. Der Krisenzustand war ausgerufen worden. Die Freude über den Fall des Spiegels und die Rettung des Lichtreichs war großer Sorge gewichen. Das Lichtreich war noch nicht gerettet.

Die beiden alten Zauberer kamen in der Nacht nicht zum Schlafen. Das Packen ihrer Zaubertaschen und das Lesen alter Zauberbücher, um keinen wichtigen Zauberspruch zu vergessen, nahm ihre ganze Zeit und Kraft in Anspruch. Sie waren viel zu beschäftigt, um zu bemerken, daß ihre magischen Kugeln zu glühen begannen. Das war ein Zeichen, daß etwas Ungewöhnliches im Spiegelreich geschah. Aber, die beiden alten Männer bemerkten nichts.
So kam es, daß die Gnome unter dem Befehl von Generalfeldmarschall von Warzenburg unbemerkt über die

Grenze ins Lichtreich gelangten. Der Generalfeldmarschall freute sich, erfolgreich die erste Hürde genommen zu haben. Das einzige, was ihn noch hindern konnte, waren die Zwerge. Für sie hatte er sich etwas Besonderes ausgedacht, nämlich eine Bombe, die Gnom Adison erfunden hatte. Sie war zwar noch nie getestet worden, aber von Warzenburg war fest davon überzeugt, daß sie funktionieren würde. Wenn diese Bombe explodierte, versetzte sie alle in ihrer Nähe Befindlichen für vierundzwanzig Stunden in einen tiefen Schlaf. Von Warzenburg, wollte diese Bombe in die Hauptstadt der Zwerge werfen und dann alle gefangennehmen. Mit den paar Zwergen, die sich nicht in der Hauptstadt befanden, konnte seine Armee leicht fertigwerden.

Die Nacht war stockfinster. Kein Stern am Himmel. Sie war wie geschaffen für einen Überfall. Die Gnome hatten offenbar das Glück auf ihrer Seite. Der Generalfeldmarschall schickte einige Späher vor, die die Bombe in die Hauptstadt der Zwerge bringen und dort zünden sollten. Es gelang ihnen, unbemerkt an den Wachposten der Zwerge vorbeizukommen. Sie plazierten die Bombe an einer unauffälligen Stelle und zündeten sie. Dann machten sie sich aus dem Staub, um die Wirkung aus sicherer Entfernung zu beobachten. Langsam und lautlos entwich das Gas. Die meisten Zwerge wurden ohnehin im Schlaf überrascht. Die anderen fühlten sich plötzlich müde, mußten gähnen und fielen auf der Stelle um. Innerhalb von fünf Minuten war die gesamte Bevölkerung der Zwergenstadt eingeschläfert. Die Wachposten der Zwerge waren in der Zwischenzeit von den anderen Gnomen überfallen und gefesselt worden. Un-

gehindert konnte die Gnomen in die Stadt einfallen. Sie fesselten alle Zwerge und brachten sie in das große Stadtgefängnis. Da es jedoch nicht genug Platz bot, wurde das Zwergenrathaus kurzerhand ebenfalls in ein Gefängnis umgewandelt.
Vor dem Überfall hatte der Generalfeldmarschall an die Gnome kleine Stopfen ausgeteilt. Die schlossen die Nasen, damit das Gas nicht eindringen konnte. Die Gnome mußten also nicht befürchten, selbst durch die Wirkung der Bombe einzuschlafen. Generalfeldmarschall von Warzenburg war sehr stolz auf sich. Bis jetzt lief alles nach Plan. Wenn sein Feldzug erfolgreich verlaufen würde, wäre sein Platz in der Gnomengeschichte gesichert. Aber noch war es nicht soweit. Noch war der Lichtzauberer nicht sein Gefangener. Von Warzenburg bestimmte, daß einige Soldaten als Wachen für die gefangenen Zwerge zurückbleiben sollten. Der Rest brach auf zum Schloß des Lichtzauberers.

Dort war es ruhig. Die Fee, der Drache, Lars und seine beiden Freunde hatten sich schlafen gelegt. Nur der Zauberer war noch wach und arbeitete unermüdlich in seiner Küche.
Plötzlich wurden alle durch einen unglaublichen Lärm aufgeschreckt. »Was ist das?« rief der Zauberer und traf auf dem Weg zum Aussichtsturm mit den anderen zusammen. Sie trauten ihren Augen kaum, als sie sahen, was sich vor dem Zauberschloß abspielte. Weit und breit war alles mit boshaften, häßlichen Gnomen bevölkert. Direkt unter dem Turm stand eine Gnomenmilitärkapelle, die laut Marschlieder spielte. Die Fanfarenstöße waren das gräßliche Geräusch, das alle aufgeschreckt hatte.

Der Zauberer wartete, bis die letzten Töne des Marsches verklungen waren. Dann rief er: »Was wollt ihr hier? Warum seid ihr nicht im Schattenreich, wo ihr hingehört?«
Aus der Menge der Gnome trat einer hervor, der größer und häßlicher als der Rest war und eine Augenklappe trug. Es war Generalfeldmarschall von Warzenburg, der die Stunde seines großen Triumphes richtig auskosten wollte. In diesem Moment fühlte er sich unbesiegbar und stark und erwiderte: »Ich bin Generalfeldmarschall von Warzenburg. Sicher hast du schon von mir, dem großen, dem unbesiegbaren, dem einzigartigen Feldherrn gehört.«
Der Zauberer schüttelte ratlos den Kopf.
Von Warzenburg sah das und geriet außer sich vor Wut. »Dann wirst du mich jetzt kennenlernen, Zauberer«, brüllte er. »Du bist gefangengenommen und wirst mich ins Gnomenreich begleiten. Wir werden dich dann dem großen Schattenzauberer ausliefern. Widerstand ist zwecklos. Wir sind stärker als du.«
Der Zauberer sah seine Freundin Zipidi Magicabu an und lachte.
»Warum lachst du? Hier gibt es nichts zu lachen«, schrie der Generalfeldmarschall zurück.
Der Zauberer stellte eine Gegenfrage: »Du meinst also, daß du mich gefangen hast?«
»Selbstverständlich. Du bist umzingelt. Siehst du das etwa nicht?« antwortete von Warzenburg verblüfft.
»Ich bin nicht gefangen«, entgegnete der Zauberer ruhig.
»Doch, das bist du«, brüllte von Warzenburg mit sich überschlagender Stimme.
»Das werden wir noch sehen«, sagte der Zauberer und warf der Lichtfee einen verschwörerischen Blick zu.

Die wußte sofort, was der Blick zu bedeuten hatte. Gemeinsam hoben sie die Arme und stimmten einen Singsang an:

Der General hält sich für unbesiegbar,
doch das ist nicht wahr.
Der Herr der Winde wird die Gnomen vertreiben,
denn hier bei uns können sie nicht bleiben.
Wenn Warzenburg fliegt heim in sein Reich,
wird er bestimmt vor Schreck ganz bleich.

Der Generalfeldmarschall verstand nicht, was der Zauberspruch zu bedeuten hatte und wartete, aber es geschah nichts. Da brach er in ein lautes Lachen aus und rief: »Na, Alter, mit deinen Zauberkünsten ist es wohl auch nicht mehr so weit her!«

Von Warzenburg hatte noch nicht zu Ende gesprochen, da rückte der Herr der Winde mit Gefolge an. Sie bliesen so stark, daß das Gnomenheer durch die Luft gewirbelt wurde. Es war ein einzigartiges Schauspiel, wie Tausende von Gnomen durch die Luft zurück ins Schattenreich flogen. Der Herr der Winde hörte erst auf zu blasen, als sich die Gnome direkt über ihren Wäldern befanden. Unter lautem Geschrei fielen sie zu Boden. Es dauerte einige Zeit, bis der Generalfeldmarschall, der in einen stinkenden Tümpel gefallen war und sich von Algen befreien mußte, seine Fassung wiedergewonnen hatte. »Wir haben eine Schlacht verloren, aber nicht den Krieg«, tönte er laut, aber keiner hörte ihm zu. Die Gnome hatten nach dieser peinlichen Niederlage erst einmal vom Krieg die Nase voll.

Der Lichtzauberer und die Lichtfee standen immer noch auf dem Turm und lachten. Als der Herr der Winde zurückkam, riefen sie ihm nur ein Wort zu, nämlich:

»Danke!« Dann verschwand der Geist, den sie beschworen hatten, wieder ins Reich der Schatten.
Der Zauberer meinte mit einem Blick zum Himmel: »Es wird bald Morgen. In wenigen Stunden werden wir als Sieger oder als Verlierer dastehen.«
Zipidi entgegnete: »Wir werden gewinnen.«
Arm in Arm gingen sie zurück in die Zauberstube, wo die magische Kugel mit einem Glühen auf sie wartete.
»Was ist denn jetzt schon wieder?« rief der alte Zauberer. »Kann man denn keine Minute seine Ruhe haben!«
Die Kugel zeigte das Gesicht des Schattenzauberers, der sehr aufgebracht wirkte. Er hatte nämlich in seiner Zauberkugel den Angriff der Gnome verfolgt und war gar nicht davon begeistert. »Was geschehen ist, ist mir furchtbar peinlich«, fing er an, »ich wußte von nichts und kann nicht verstehen, wie die Gnome etwas derartig Dummes tun konnten. Ich werde sie, nachdem ich das Duell gewonnen habe, zur Rechenschaft ziehen. Darauf kannst du dich verlassen.«
Der Lichtzauberer antwortete: »Ich glaube dir kein Wort, weil ich deine unfairen Methoden kenne. Ich warne dich davor, sie bei unserem Duell zu verwenden, denn ich kenne mich mit diesen Tricks genauso gut aus wie du. Was die Gnome betrifft, kann ich sie selbst bestrafen, wenn ich das Duell gewonnen habe. Wir sehen uns später, Brüderchen.« Darauf strich er mit seiner linken Hand über die Kugel und das Bild war verschwunden.

Lars, der alles mitverfolgt hatte, wollte ein zweites Mal sein Glück versuchen. »Zauberer, ich habe meine Aufgabe erfüllt. Bitte, bring mich zurück nach Norwegen«, bat er.

»Junge, ich habe keine Zeit«, antwortete der Zauberer und versuchte, Lars loszuwerden. »Morgen, nach dem Duell, sorge ich dafür, daß du nach Hause kommst. Jetzt geh schlafen.«

»Und was geschieht mit mir, wenn der Schattenzauberer gewinnt!« schrie Lars.

Der alte Mann wich, entsetzt über die Heftigkeit dieses Zornausbruchs, einen Schritt zurück. »Ich werde gewinnen. Mach dir keine Sorgen«, beruhigte er den Jungen und streichelte ihm mit der Hand über die Haare.

Entmutigt legte sich Lars wieder schlafen. Er hatte keine andere Wahl, als dem Zauberer zu glauben.

Das Duell

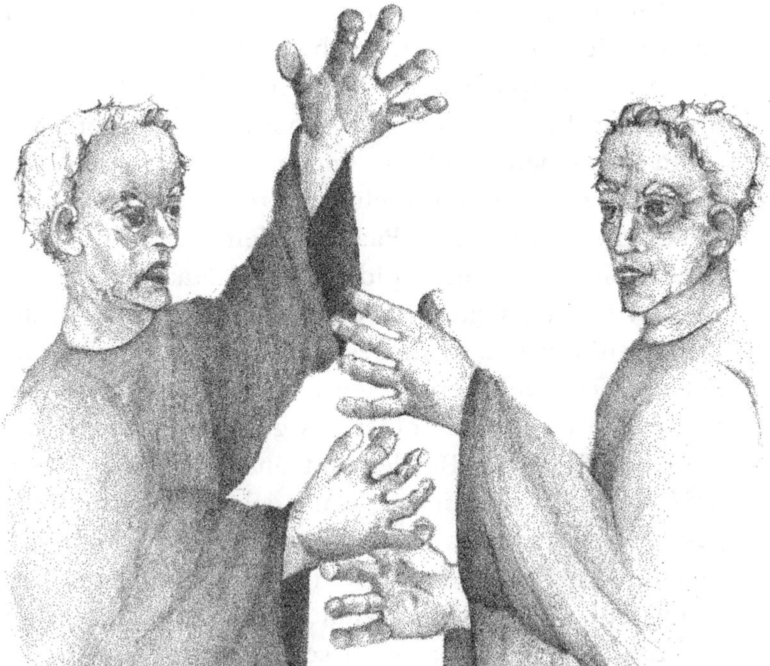

Die Sonne ging auf. Der Himmel leuchtete purpurrot. Alles sah verzaubert und friedlich aus. Bei uns heißt es: »Morgenrot, Schlechtwetterbot.« Aber im Spiegelland traf das nicht zu. Das Morgenrot versprach einen herrlichen Tag. Der Lichtzauberer war aufgeregt und doch guter Laune. Er fühlte sich gut vorbereitet. Außerdem wollte Zipidi Magicabu mitkommen. Sie konnte ihn vor einer Falle seines Bruders warnen und ihm in einer schwierigen Situation beistehen. Der Zauberer schloß seine große Tasche und bestieg die Treppe zum Dach des Turmes. Dort wartete die Fee auf ihn. Gemeinsam blieben sie einige Minuten schweigend stehen. Sie sahen auf das Spiegelland. Jetzt, im Schein der ersten Sonnenstrahlen, sah es noch schöner aus als sonst. Es sollte so bleiben und nicht wieder trist und grau werden. Dafür wollte der Lichtzauberer kämpfen. Einige Minuten stand das alte Paar auf dem Turm. Die Sonnenstrahlen fielen auf Zipidis goldene Haare.
»Es wird Zeit«, sagte die Fee. Sie nahmen sich an der Hand wie ein junges Liebespaar. Dann schnippte der alte Zauberer mit den Fingern, und schon standen sie an der Stelle, wo sich einst das goldene Tor befunden hatte. »Mein lieber Bruder läßt uns anscheinend warten«, sagte er grimmig, »er war noch nie pünktlich. Eigentlich hätte ich mir das denken können.« Er schnippte einmal mit den Fingern, und vor ihm stand ein Tisch, auf den er seine wichtigsten Zauberutensilien aus der Tasche legte. Dann schnippte er ein zweites Mal mit den Fingern, und ein großer Sessel stand hinter dem Tisch. In diesen setzte er sich und wartete.
Der Sonnenaufgang war längst vorbei. Doch vom Schattenzauberer war keine Spur zu sehen. Da riß dem Lichtzauberer der Geduldsfaden. »Mein innig geliebter

Bruder liegt sicher noch im Bett«, rief er wütend, »aber nicht mehr lange.« Er hob beide Arme und sprach:
»Brüderchen schläfst du noch gut?
Oder fehlt dir zum Duell der Mut?
Ich schicke dir Pauken und Trompeten
und nebenbei noch ein paar Flöten,
damit sie dich unsanft wecken aus deinem Schlaf.
Komm endlich her, du altes Schaf!«
Noch während er sprach, erschienen am Himmel Hunderte von Pauken, Trompeten und Flöten. Sie machten sich auf zum Schloß des Schattenzauberers und spielten einen Marsch in ohrenbetäubender Lautstärke.
Der Schattenzauberer hatte sich bis spät in die Nacht auf das Duell vorbereitet. Doch plötzlich war er furchtbar müde geworden und hatte beschlossen, eine halbe Stunde zu schlafen. Aus der halben Stunde wurden zwei. Und so kam es, daß er tatsächlich noch im Bett lag, als die verzauberten Instrumente seines Bruders zu spielen anfingen. Der Schattenzauberer und die Wetterhexe, die ebenfalls verschlafen hatte, erschraken zu Tode, als sie den Lärm hörten. »Das war mein Bruder, dieser verdammte ...«, die letzten Worte gingen im Lärm unter. Der Schattenzauberer kreischte irgend etwas Unverständliches, während er sich beide Ohren zuhielt. Die Musik verstummte. Die Instrumente lösten sich wieder in Luft auf. »Dieser alte Teufel«, fluchte der Schattenzauberer, während er schnell seine Sachen zusammenpackte und die eitle Wetterhexe sich schminkte. Sie hatte mit dem Schattenzauberer einen Plan ausgeheckt, wie sie den Lichtzauberer hereinlegen konnten. Für ihren großen Auftritt wollte sie gerüstet sein und das hieß für sie, daß sie gut aussehen wollte. »Jetzt werden wir dem Alten zeigen, wer hier der Meister ist«,

tönte der Schattenzauberer, schnippte mit den Fingern und stand seinem Bruder auf der Wiese gegenüber.
»Da bist du ja. Hat dir mein kleines Ständchen gefallen?« fragte der Lichtzauberer hämisch.
»Die Flöten hättest du dir sparen können. Man konnte sie bei dem Lärm, den deine Pauken und Trompeten machten, nicht hören«, antwortete der Schattenzauberer.
Dann standen sie sich gegenüber und musterten sich genau. Sie hatten sich schon seit über hundert Jahren nicht gesehen, bis auf die paar Mal in der Zauberkugel. In ihrer Erinnerung sahen sie sich immer noch als die jungen Männer von einst. Doch das waren sie schon lange nicht mehr. Da standen nicht mehr die jungen Helden, denen die ganze Welt zu Füßen lag, sondern zwei gebeugte alte Männer, denen das Leben tiefe Spuren im Gesicht eingeprägt hatte. Beide hatten den Eindruck, das eigene Spiegelbild vor sich zu haben. Sie waren sich noch immer sehr ähnlich, bis auf zwei Dinge: das Gesicht des Schattenzauberers war grau, während das seines Bruders von der Sonne gebräunt war, und ihre Kleidung war verschieden. Der Lichtzauberer wirkte in seinem langen weißen Gewand wie ein liebenswerter Großvater. Würdevoll und freundlich. Der Schattenzauberer trug wie immer Schwarz. Er wirkte in dieser Kleidung noch viel älter, als er war. Seine Gesichtszüge waren hart und verbittert. Lange sahen sich die Brüder an.
»Du bist geschrumpft«, stellte der Schattenzauberer trocken fest.
»Du bist auch nicht mehr der Hüne von einst«, erwiderte der Lichtzauberer. Beide mußten plötzlich lachen. Es war das erste Mal, daß sie sich frei von Haß gegen-

überstanden. Warum haben wir es uns ein Leben lang so schwer gemacht? fragten sie sich in Gedanken. Wie schön hätten sie es haben können, wenn sie als Freunde miteinander gelebt hätten. Eigentlich wollten sie gar nicht mehr kämpfen. Sie waren des Kämpfens müde. Gern hätten sie Frieden geschlossen, doch keiner konnte das jetzt vor dem anderen zugeben. Dazu war es nach all den Jahren zu spät. Es gab kein Zurück mehr.

»Wollen wir beginnen?« fragte der Lichtzauberer.

»Beginnen wir«, antwortete der Schattenzauberer. Im Handumdrehen hatte er einen Tisch und einen Sessel herbeigezaubert und seine Hilfsmittel ausgebreitet.

Die Lichtfee stand in einiger Entfernung von den beiden Zauberern und beobachtete sie aufmerksam. Von Leopoldine Donnerblitz, der Wetterhexe, war weit und breit nichts zu sehen.

Die Zauberer ließen sich in ihren Sesseln nieder, beobachteten sich aufmerksam und warteten darauf, daß der andere den ersten Schritt tat. Der Lichtzauberer machte eine unmerkliche Bewegung mit den Fingern. Im selben Moment flog der Sessel mit dem Schattenzauberer in die Luft. Der erschrak, schnippte dann jedoch mit den Fingern, und der Sessel blieb in der Luft stehen. Aus dem Zeigefinger des Schattenzauberers schoß ein Blitz, der in einen Baum hinter seinem Bruder einschlug und ihn zum Fallen brachte. Der Lichtzauberer wäre von dem riesigen Baum erschlagen worden, hätte er nicht die Hand gehoben und auf den fallenden Baum gerichtet. Im Bruchteil einer Sekunde zerfiel der in Tausende von Holzspänen, die wie Konfetti auf die Erde niederprasselten.

»Das war gut«, rief ihm der Schattenzauberer zu, »aber nicht gut genug.« Er mischte zwei Flüssigkeiten, die auf seinem Zaubertisch standen, zusammen. Eine riesige Qualmwolke umgab ihn. Laut sagte er:

»Hornissen, Hornissen, ihr werdet ihn stechen
und seine Zauberkraft schnell zerbrechen.
Euer Gift soll lähmen den alten Mann,
so daß er nicht mehr zaubern kann.«

Kaum hatte sich der Qualm verzogen, flog eine riesige Hornissenarmee unaufhaltsam auf den Lichtzauberer zu.

Der nahm es gelassen, zauberte sich eine große Spritze herbei und sprach:

»Hornissengift wirkt schnell und ist gefährlich,
doch mein Gift auch, ich sag es dir ehrlich.«

Als die Hornissen nah genug herangekommen waren, schoß er die Ladung Gift ab. Es verfehlte seine Wirkung nicht. Die Hornissen fielen alle kraftlos zu Boden. Der Schattenzauberer gönnte seinem Bruder keine Sekunde Ruhe. Er verwandelte sich in Medusa, bei deren Anblick jeder zu Stein wird. Doch sein Bruder verwandelte sich in einen Spiegel, so daß der Schattenzauberer selbst plötzlich ein Steinblock war. Aber so schnell ließ er sich nicht ausschalten, zerbrach den Stein und wurde ein riesiger, feuerspeiender Drache.

»Der Trick ist uralt«, rief der Lichtzauberer, griff in einen Beutel und warf dem Ungeheuer eine Handvoll Zauberstaub entgegen. Ein Blitz zuckte, und aus dem Drachen wurde eine winzige Maus. Der Lichtzauberer schnippte mit den Fingern daraufhin fiel ein riesiger Felsblock auf die Maus. Der Schattenzauberer verwandelte sich jedoch schnell wieder zurück. Die beiden Männer verwandelten sich im Handumdrehen in Falken und griffen sich hoch in den Lüften an. Mit ihren spitzen Schnäbeln versuchten sie sich zu verletzen, was ihnen nicht gelang. Statt dessen stießen sie so heftig zusammen, daß sie zurück auf den Boden fielen. Der Schattenzauberer stand zuerst auf und brachte seine, zerknitterte Kleidung in Ordung. »Mögen die Haare deines Bartes mit den Haaren deiner Nase zusammenwachsen«, fluchte er.

Der Lichtzauberer holte ein Messer aus seiner Tasche und schnitt die Haare auseinander. Er schnitt aber schief und ärgerte sich darüber. »Mögen deine Schuhe brennen wie Feuer und mögest du kein Wasser finden, um sie zu löschen«, wetterte er daher.

Der Schattenzauberer tobte vor Wut. Es dauerte lange, bis er aus den Schuhen herauskam, dann warf er sie nach seinem Bruder. »Das waren meine besten Schuhe. Die wirst du mir ersetzen«, rief er und schickte gleich noch einen Fluch nach: »Möge der Knopf deiner Hose abspringen und du in Unterhosen dastehen.«

Der Lichtzauberer konnte gerade noch rechtzeitig seine Hose festhalten und einen neuen Knopf herbeizaubern. »Jetzt reicht es aber«, erklärte er. »Hast du die Absicht, unsere Zeit mit solchen Kindereien zu vertrödeln, oder wollen wir richtig zaubern?«

»Gut, du hast es nicht anders gewollt«, brüllte der Schattenzauberer und richtete beide Hände auf seinen Bruder. Im gleichen Moment wurde der Lichtzauberer von einer unsichtbaren Kraft mit seinem Sessel emporgehoben. Winde kamen von allen Seiten auf ihn zu, und es regnete in Strömen. Verzweifelt versuchte der Zauberer die negative Energie abzuhalten, doch sie kam aus mehreren Richtungen. Als es zu regnen anfing, obwohl rundherum die Sonne schien, wußte der alte Mann, daß da nur die Wetterhexe dahinterstecken konnte. »Hinterhältiger Betrüger«, rief er.

Doch der Schattenzauberer überhörte die Beleidigung und lachte laut. »Ich verbanne dich auf den höchsten Gipfel des Schattengebirges. Dort kannst du bis in alle Ewigkeit schmoren. Tja, Brüderchen, ich bin wohl der Gewinner. Du kommst aus diesem Wirbel nie mehr heraus.«
»Abwarten«, sagte der Lichtzauberer und bot all seine Kräfte auf, um zunächst die Wetterhexe zu besiegen. Zusammen waren sie und sein Bruder stärker als er, aber getrennt war er der bessere.

Die Lichtfee Zipidi erkannte, daß sich irgend etwas Ungewöhnliches ereignete. Sie hatte geahnt, daß der Schattenzauberer mit unfairen Tricks arbeiten würde. Aufmerksam sah sie sich um und entdeckte in einiger Entfernung eine schöne junge Frau, die augenscheinlich damit beschäftigt war, zu zaubern. Sie hatte die Arme hoch erhoben, war von einem gefährlichen Leuchten umgeben, und bot alle ihr zur Verfügung stehenden Zauberkräfte auf, um den Lichtzauberer auszuschalten.
Zipidi zögerte nicht lange, schnippte mit den Fingern und stand im nächsten Moment hinter einem Baum, nur wenige Schritte von der Wetterhexe entfernt. Sie hatte nicht die Absicht, sich auf einen Wettkampf mit der Hexe einzulassen. Statt dessen griff sie zu einem nicht ganz sauberen Mittel, die Gegnerin vorübergehend außer Gefecht zu setzen, nahm einen Knüppel, der zufällig neben dem Baum lag, schlich sich von hinten an die Wetterhexe heran und schlug zu. Die Hexe brach sofort zusammen. »Na, das hat ja hervorragend geklappt«, stellte Zipidi Magicabu zufrieden fest. Aus ihrem Mantel nahm sie ein verzaubertes Seil, mit dem

sie die Wetterhexe fesselte. Die konnte jetzt nicht entkommen. Gegen dieses Seil waren all ihre Zauberkräfte machtlos.

Die beiden Zauberer merkten, wie das Kraftfeld um den Lichtzauberer plötzlich schwächer wurde. Jetzt sah letzterer die Chance gekommen, doch noch zu gewinnen. Zunächst einmal gelang es ihm, mit seinem Sessel auf den Boden zu kommen und nicht mehr im Kreis herumgewirbelt zu werden. Während der Schattenzauberer noch überlegte, welchen Trick er als nächstens anwenden konnte, griff sein Bruder in den Beutel mit Zauberstaub und rief mit donnernder Stimme:

»Geister der Wassers, Geister des Feuers,
Geister des Lichts und der Finsternis,
kommt aus den Fenstern des alten Gemäuers,
helft mir aus dem Weg zu räumen das Hindernis.
Helft mir, den Schattenzauberer zu bannen,
ihn zu hindern, weiter Böses zu tun.
Bringt ihn weg von hier zum Berg der tausend Tannen,
wo er möge in aller Ewigkeit ruhn.«

Der Lichtzauberer wußte, daß er etwas sehr Gefährliches tat. Aber er wollte den Kampf auf jeden Fall beenden und setzte auf volles Risiko. Kaum hatte er seine gefährliche Beschwörungsformel beendet, die ihn all seine Kraft kostete, kamen Hunderte von Geistern und stürzten sich auf den Schattenzauberer.

»Verschwindet, laßt mich los«, brüllte der, war aber gegen diese Übermacht wehrlos. Er wußte genau, daß nur derjenige, der die Geister beschwört, sie auch wieder verschwinden lassen konnte, und sah ein, daß er verloren hatte. Aber er wollte nicht aufgeben, ohne seinen Bruder zu verwünschen: »Mögen deine Geister für immer bei dir bleiben, und mögen sie dich aus deinem Schloß vertreiben, damit du eines Tages wie ein Bettler auf offener Straße stirbst.« Dann wurde er laut brüllend von den Geistern durch die Lüfte ins Schattengebirge getragen. Auf dem Berg der tausend Tannen ließen sie ihn fallen. Dort mußte er für immer bleiben.

Der Lichtzauberer war am Ende seiner Kräfte und wußte doch, daß der Kampf noch nicht beendet war. Die Geister, die man ruft, wird man bekanntlich oft nicht mehr los.

Die Lichtfee Zipidi Magicabu hatte den Wettkampf von weitem beobachtet und eilte jetzt herbei. »Wir haben es geschafft!« rief sie überglücklich. »Dein Bruder ist verbannt. Die Wetterhexe können wir gleich nachschikken. Sie liegt dort unter einem Baum und ist wahrscheinlich immer noch im Reich der Träume.« Sie lachte, aber das sollte ihr gleich vergehen. Die vier Geister des Wassers, des Feuers, des Lichts und der Finsternis kehrten zurück und trieben ihren Schabernack mit ihr. Die Lichtgeister blendeten sie, die Feuergeister steckten ihr Haar an, und die Wassergeister schütteten eimerweise Wasser über ihr aus. Doch am gefährlichsten war die Dunkelheit, die sie umhüllte und sie vergessen ließ, wo sie war. Für die Lichtfee war die Dunkelheit der größte Feind.

»Hört auf!« befahl der Lichtzauberer. Seine Stimme klang schwächer als zuvor, aber immer noch gebieterisch genug, um die Geister für einen Moment zur Ruhe zu bringen. »Ich danke euch für eure Dienste«, sagte er. Das war eine Aufforderung an die Geister, zu verschwinden, aber sie wollten noch nicht gehen. Der Geist des Feuers spielte den Wortführer und erzählte

eine kleine Geschichte: »Als ich zum ersten Mal das Wasser sah, verliebte ich mich. Genauso ging es dem Licht mit der Dunkelheit. Aber wir sind Geister, wir sind tot. Uns ist es versagt, uns zu berühren, zu umarmen, zu küssen. Deshalb bitten wir dich, Zauberer, bring uns zurück ins Reich der Lebenden. Laß uns wieder leben, und wenn es nur für Sekunden ist.«
»Habt ihr euch das gut überlegt?« fragte der Zauberer, der Verständnis für die Geister hatte, aber auch genau wußte, welche Folgen die Erfüllung des Wunsches haben würde.
»Ja, das haben wir. Wir wollen leben«, antworteten alle vier wie aus einem Mund.
Der Zauberer stand auf und sprach langsam:
»Wasser und Licht, Finsternis und Feuer,
Geister seid ihr aus dem Reich der Toten.
Leben wollt ihr, doch das wird teuer,
leben sollt ihr, doch das Glück ist euch verboten.«
Die Geister nahmen Gestalt an. Zwei kräftige junge Männer und zwei bezaubernde junge Frauen standen sich gegenüber und sahen sich staunend an. »Ich liebe dich«, sagte das Feuer. »Ich liebe dich«, sagte das Wasser. Sie gingen aufeinander zu, umarmten und küßten sich. Aber in dem Moment verdunstete das Wasser, und das Feuer wurde gelöscht. Dort, wo die beiden gerade noch gestanden hatten, war nichts mehr. Das Licht und die Finsternis sahen alles. Sie wußten, daß auch sie sterben mußten. Trotzdem fielen sie sich mit einem kräftigen »Ich liebe dich« in die Arme – und lösten sich im gleichen Moment auf. Das Licht hatte die Finsternis vertrieben und die Finsternis hatte das Licht geschluckt.

Dem Lichtzauberer und der Lichtfee standen Tränen in den Augen. »Sie müssen sich sehr geliebt haben«, flüsterte Zipidi Magicabu und streichelte die Hand ihres Freundes.
»Gehen wir. Wir haben noch ein paar Dinge zu erledigen«, sagte der Zauberer. Gemeinsam gingen sie zu dem Baum, an den die Wetterhexe gefesselt war.
Leopoldine Donnerblitz war wieder zu sich gekommen. Ihr Kopf tat weh, aber ihr Mundwerk funktionierte noch wie immer. »Was fällt euch ein, mich so zu behandeln. Macht mich sofort los«, befahl sie.
»Das kann mein Bruder für mich übernehmen«, antwortete der Zauberer mit einem Lachen. »Sicher gefällt es dir bei ihm auf dem Berg der tausend Tannen. Gute Reise.« Noch bevor die Wetterhexe ihre Flüche aussprechen konnte, schnippte er mit den Fingern, und sie befand sich beim Schattenzauberer.
Der Lichtzauberer zündete sich eine Zigarre an und rauchte mit größtem Genuß. Zipidi warf ihm einen mißbilligenden Blick zu, sagte jedoch nichts. Schließlich hatte sich ihr Freund die Zigarre redlich verdient. Glücklich gingen sie zurück zum Zauberschloß. Es bereitete ihnen eine große Freude, gemeinsam durch das wiedervereinigte Spiegelreich zu gehen, das in seiner alten Schönheit strahlte. Es war, als hätte es nie einen Streit zwischen den Brüdern gegeben, als hätte das Land nie ein verzauberter Spiegel geteilt. All das wäre vernichtet gewesen, wenn sie heute nicht den Wettkampf gewonnen hätten. Das magische Amulett glänzte auf der Brust des Zauberers. Ohne es hätte er das Duell nicht gewonnen, denn dann hätte er die Geister nicht beschwören können. Das wußte er, aber er hatte ganz vergessen, daß es Lars und seine Freunde waren, die

ihm das Amulett wiederbeschafft hatten. Statt sich an sie zu erinnern, unterhielt er sich mit Zipidi über die Zukunft des Spiegelreiches: »Wir müssen uns einen neuen Namen für unser Land ausdenken. Der Spiegel steht nicht mehr, also kann das Land nicht mehr Spiegelreich heißen. Außerdem müssen wir uns überlegen, was wir mit den Gnomen machen. Sie sind die einzigen, die den Frieden noch stören können. Und wir müssen ...«

Die Lichtfee legte ihre Hand auf den Mund des Zauberers. »Im Moment müssen wir gar nichts, außer den Augenblick unseres Sieges genießen. Was die Zukunft bringen wird, hat Zeit bis morgen«, sagte sie.

»Du hast recht«, stimmte der alte Zauberer zu. Hand in Hand gingen sie weiter.

Kaum hatten sie das Zauberschloß betreten, stürmten Weißkopf, Tim Pim Pa und Lars auf sie zu. »Was ist los? Haben wir gewonnen?« fragten sie wie aus einem Mund.

»Ja, das haben wir«, antwortete die Lichtfee. Alle umarmten sich überglücklich. Als sich die Freude etwas gelegt hatte, fragte Lars: »Kann ich jetzt wieder zurück nach Norwegen?«

Erst jetzt fiel dem Zauberer ein, was Lars und seine Freunde für ihn getan hatten. Wie immer spielte er den harten Mann, der nicht im Traum daran dachte, auch nur ein Wort des Dankes über die Lippen zu bringen. Doch huschte ein Lächeln über sein Gesicht, als er sagte: »Selbstverständlich kannst du zurück nach Norwegen. Du hast deine Mission hier erfüllt. Wir können dich nicht mehr gebrauchen. Kommt alle drei in genau einer Stunde zu mir. Bis dahin habe ich alle Vorbereitungen für deine Rückreise getroffen.« Dann verschwand er mit der Fee in seinem Zimmer und ließ die Tür hinter sich zufallen.

Lars war zuerst enttäuscht. »Danke hätte er wenigstens sagen können«, meinte er. Aber dann war ihm das nicht mehr so wichtig. Er konnte zurück nach Norwegen. Seine Freunde würden staunen, wenn er ihnen von seinen Abenteuern erzählte.

Gemeinsam mit Tim Pim Pa und Weißkopf stieg Lars noch einmal auf den Turm des Schlosses und sah sich das Spiegelland an. Wie schön es wieder war im Glanz der Sonne. »Eigentlich ist es schade, daß du gehen mußt«, sagte Tim Pim Pa. »Nach allem, was wir zusammen erlebt haben, werden wir dich sehr vermissen«, ergänzte Weißkopf.

»Ihr werdet mir auch sehr fehlen«, sagte Lars mit Tränen in den Augen.

»Dann bleib doch einfach hier«, schlug Tim Pim Pa vor, obwohl er genau wußte, daß Lars auf diesen Vorschlag nicht eingehen würde.

»Nein, ich kann nicht bleiben. Ich will zurück zu meinen Freunden, meinen Eltern. Hier bei euch ist es wunderschön, aber ich würde mich nie so wohl fühlen wie zu Hause in Norwegen«, erklärte Lars seinen Freunden.

»Ich habe ein kleines Abschiedsgeschenk, das dich immer an mich erinnern soll«, krächzte Weißkopf. »Eine Feder. Aber es ist nicht irgendeine Feder, sondern die schönste Feder, die ich jemals hatte.«

»Danke«, sagte Lars und betrachtete die Feder. Es war wirklich die schönste, die er je gesehen hatte.

»Auch ich habe etwas für dich«, sagte Tim Pim Pa und reichte Lars ein kleines Schächtelchen. »Es ist ein Glücksbringer. Ein Stein aus dem Grab des großen Riesenkönigs. Möge er dich dein Leben lang schützen und behüten.«

Lars sah den türkisblauen Stein lange an. »Danke«, sagte er schließlich und durchsuchte verlegen seine Taschen. Da fand er in der Innentasche seiner Jacke eine Fotografie. »Das ist für euch. Es ist nichts Besonderes, aber leider habe ich nichts anderes bei mir«, meinte er. Weißkopf und Tim Pim Pa staunten über das Bild. »Was ist das?« fragten sie verwundert.

»Eine Fotografie«, antwortete Lars.

»So etwas gibt es bei uns gar nicht. Ein Wunder, es sieht aus wie du und ist doch kein Gemälde. Danke, Lars«, riefen die beiden begeistert aus. Sie umarmten sich. »Werden wir uns jemals wiedersehen?« fragte Weißkopf plötzlich.

»Ich hoffe es sehr«, antwortete Lars.

Die Rückkehr

Nach einer Stunde gingen die drei Freunde in die Stube des Lichtzauberers und erlebten eine große Überraschung. Das Zimmer war dekoriert mit Hunderten von Luftballons, und über dem Schreibtisch hing ein Schild mit der Aufschrift »Danke«. Der Zauberer hatte ein neues Gewand angelegt, weiß mit goldenen Mustern, in dem er noch würdiger aussah als sonst. Als die drei Freunde eintraten, stand er von seinem Sessel auf und ging ihnen entgegen. »Ich möchte euch danken für das, was ihr für unser Land getan habt«, sagte er, »deshalb habe ich mir für jeden eine kleine Anerkennung ausgedacht. Zunächst komme ich zu dir, Weißkopf. Ich überreiche dir den höchsten Verdienstorden unseres Landes, den goldenen Spiegel, und ernenne dich gleichzeitig zu meinem persönlichen Berater.« Der Zauberer hängte Weißkopf den »Orden des goldenen Spiegels« um.

Weißkopfs kühnste Träume hatten sich erfüllt. Er war der zweite Mann im Staat, und darauf war er sehr stolz.

»Jetzt komme ich zu Tim Pim Pa«, fuhr der Zauberer fort. »Um deinen Wunsch zu erfüllen, müssen wir vor das Schloß gehen. Du wirst schon verstehen, warum.«

Sie gingen auf die Wiese vor dem Schloß. »Du hast dir immer gewünscht, ein großer Riese zu sein, wie dein Vater«, sagte der Zauberer, »dieser Wunsch soll jetzt in Erfüllung gehen. Wo habe ich nur die Zauberformel?«

Er suchte in allen Taschen nach der Formel, bis er sie schließlich in der letzten Tasche fand. »Da ist sie ja. Jetzt paßt gut auf.

Tim Pim Pa, der ist sehr klein.
Groß möchte er gerne sein.
Dieses ist sein größter Wunsch.
Darum braute ich einen Punsch,

der dich wachsen läßt in Stunden,
nein, was sag ich, in Sekunden.«
Kaum hatte der Zauberer den Spruch beendet, stand Tim Pim Pa als der größte Riese aller Zeiten vor ihnen. Er war überglücklich und weinte vor Freude. Sein größter Wunsch war in Erfüllung gegangen.
Jetzt kam der Zauberer zu Lars. »Dir schulde ich am meisten Dank«, sagte er. »Dein größter Wunsch ist es, nach Norwegen zurückzukehren, und den werde ich dir selbstverständlich erfüllen. Aber ich möchte dir noch etwas anderes geben, einen Zauberring. Wenn es dir irgendwann einmal zu langweilig auf der Erde ist, dann drehe einfach an dem Stein, und du bist wieder im Spiegelland. Nein, jetzt habe ich dir etwas Falsches gesagt. Du kommst dann nicht ins Spiegelland, sondern in das Land der tausend Wunder. Das ist der neue Name für das Spiegelland, denn ohne Spiegel ist der alte Name unsinnig. Du kannst jederzeit kommen und gehen, wann immer du willst. Und jetzt verabschiede dich von deinen Freunden. Ich schicke dich zurück nach Norwegen.«
Noch einmal umarmten sich die drei Freunde. »Ich besuche euch ganz bestimmt wieder einmal«, rief Lars ihnen zu, als er zum Zauberer ging.
»Du mußt den Stein an deinem Ring einmal linksherum drehen«, erklärte dieser. »Du stehst dann in einem Gang, und durch den mußt du gehen. Am anderen Ende ist Norwegen. Nur eines mußt du beachten: Du darfst nichts anfassen. Und jetzt wünsche ich dir einen guten Nachhauseweg. Mögen alle guten Geister mit dir sein und dich behüten.«
Lars sah sich ein letztes Mal um. Abschiednehmen fällt immer schwer, aber der Zauberring machte es ihm

leichter. Er wußte, daß er immer zurückkommen konnte und das war ein großer Trost für ihn. Er winkte allen noch einmal zu und drehte dann den Stein linksherum. Tatsächlich stand er in einem Gang, an dessen Ende ein Licht schien. Überall befanden sich Blumen und es duftete lieblich. Solche Blumen hatte er in Norwegen noch nie gesehen. Bei diesem herrlichen Anblick vergaß Lars die Warnung des Zauberers, nichts zu berühren und wollte seiner Mutter, einige Blumen pflücken. Als er eine besonders schöne berührte, fuhr ein stechender Schmerz durch seine Hand. Das Bild der Blume hatte sich in die Innenfläche seiner Hand gebrannt. Lars bekam Angst und erinnerte sich wieder an die Warnung des Zauberers. Er rannte so schnell er konnte dem Licht am Ende des Tunnels entgegen. Seine Hand tat immer noch weh, als er wieder ins Freie trat. Kaum hatte er den Gang verlassen, verschwand dieser auch schon hinter ihm.
Völlig allein stand Lars im Schnee vor dem Haus seiner Eltern. Alles sah noch genauso aus wie vor einigen Tagen, als er in das Spiegelland gekommen war. Es schneite immer noch, und die Schneemänner standen unverändert an dem Ort, an dem sie vor einigen Tagen schon standen. Hatte er alles nur geträumt? Lars sah auf seine Hand. An seinem Finger steckte der Zauberring, und in der Handinnenfläche war eine kleine Blume zu erkennen. Er hatte nicht geträumt. Alles, was er erlebt hatte, war Wirklichkeit gewesen.
In Windeseile lief Lars zum Haus seiner Eltern. Er stieß die Tür auf. Niemand war zu sehen. Seine Eltern schliefen. Schließlich war es mitten in der Nacht. Lars wollte ins Schlafzimmer rennen und den Eltern erzählen, was er erlebt hatte. Doch da sah er plötzlich den

Kalender an der Wand. Es war der 23. Dezember, der Tag, an dem er das Spiegelreich betreten hatte. Konnte es sein, daß die Zeit stehengeblieben war, während er fort war? Lars beschloß, ins Bett zu gehen und zu warten, was morgen geschehen würde.
Der folgende Tag verlief wie alle anderen. Seine Eltern und Freunde hatten nichts von seiner Abwesenheit bemerkt. Anscheinend ging die Zeit im Spiegelland oder im Land der tausend Wunder, wie es jetzt hieß, anders. Tage waren Stunden oder vielleicht auch nur Minuten. Lars beschloß, niemanden etwas von seinen Erlebnissen zu erzählen. Alle würden ihn für verrückt halten, und das wollte er nicht riskieren. Den Zauberring legte er in eine kleine Schatulle, in der sich auch seine anderen »Kostbarkeiten« befanden. Die Blume in seiner Handinnenfläche war so klein, daß sie kaum jemand bemerkte. Und wenn ihn doch einmal einer darauf ansprach, behauptete er, es sei ein Muttermal, das zufällig diese Form habe.
Das Leben nahm seinen Lauf in Norwegen. Lars wurde älter und erlebte noch viel. Aber seine Tage im Spiegelland vergaß er nie. Oft sah er den kleinen, glatzköpfigen Riesen Tim Pim Pa vor sich, den eitlen Weißkopf, die elegante Lichtfee mit ihren goldenen Haaren, die beiden alten Zauberer und all die anderen. Und dann huschte ein Lächeln über sein Gesicht ...
»So Freunde, dies ist das Ende meiner Geschichte.«

Der alte Odin Margutten lehnte sich in seinen Sessel zurückt und steckte sich eine Pfeife an. Das tat er immer, wenn er eine Geschichte beendet hatte. Im Zimmer herrschte Schweigen, bis jemand fragte: »Ist diese Geschichte wirklich wahr?«

»Kein Wort davon ist erfunden«, antwortete Odin.
»Ist Lars noch einmal in das Land der tausend Wunder zurückgekommen?« fragte ein anderer.
»Ja, noch oft«, erwiderte Odin, »aber das erzähle ich euch ein anderes Mal. Es ist spät geworden, und der Schneesturm ist vorbei. Geht heim in eure Betten und laßt einen alten Mann schlafen.«
Einer nach dem anderen brach auf und bedankte sich bei Odin für den schönen Abend. Der Schneesturm hatte glücklicherweise keine größeren Schäden angerichtet, so daß sich alle beruhigt schlafen legen konnten.
Liv und Eva Zetterling verließen als letzte das Haus. »Lebt Lars heute noch?« fragte das kleine Mädchen mit den großen Augen.
»Ja, er lebt immer noch«, antwortete Odin nachdenklich und winkte seinen Freunden nach. Wenn es nicht so dunkel gewesen wäre und jemand gut aufgepaßt hätte, hätte er das blumenförmige Muttermal auf der Innenseite seiner Hand bemerkt.
Odin schloß die Tür. Dann stand er noch einige Minuten mit seiner Frau am Schlafzimmerfenster. Sie sahen den Schneemännern zu, die sich eine wilde Schneeballschlacht lieferten. Und auf dem Nachttisch lag ein großer Ring, dessen Stein in der Dunkelheit wie verzaubert leuchtete ...